翔ぶ女たち

小川公代

Kimiyo Ogawa

講談社

はじめに――女性たちの抵抗の物語

二〇一三年にイギリスの母校でジェイン・オースティン『高慢と偏見』(*Pride and Prejudice*, 1813) 二百周年記念学会が開催されたのですが、その学会で発表することがきっかけとなり、野上弥生子(一八八五〜一九八五年)の作品に出会いました。そして、大分県臼杵市出身の作家である弥生子が日本で最初にこのオースティン作品の翻案小説『真知子』を書いたことを知りました。彼女は、九九歳まで現役作家として活躍し、『真知子』以外にも、『海神丸』『迷路』『秀吉と利休』『森』などを発表しました。いずれの作品にも女性の心理的な葛藤が繊細に描かれています。九州の田舎町で生を受けた少女がいったいどのようにして、両親を説得して上京し、その後、作家の道へと進んだのか、野上弥生子という女性に俄然興味が湧きました。なぜなら、彼女が生きた時代というのは、明治民法によって男子を中心とした家制度が確立し、妻は夫の許可がなければ勤労をはじめとする、さまざまな契約を結ぶことさえできない封建的な時代だったからです。

知的探究心のあった弥生子は、一五歳で上京することを強く希望し、知人の紹介で明治女学校普通科に進学することができました。その後、同郷の野上豊一郎と結婚し、彼を介して夏目漱石と出会います。[*1]その頃、時代は大きく変わり始めていました。弥生子がいくつもの翻訳を掲載することになる文芸誌『青鞜』の版元である青鞜社が誕生したのは、明治時代が終焉を迎え、大正時代がスタートする大正元年（一九一二年）の前の年でした。弥生子は、その後、第二次世界大戦をも生き抜きます。このめまぐるしく変化する時代に女性として経験した困難や生きづらさこそが弥生子の作家魂に火をつけたのだと思います。研究を進めていくと、そこには、明治、大正、昭和期の家父長的な要請に屈することなく、しなやかに自由な生を追い求めながら、それでも妻として、母としての葛藤を抱える、ごく普通の女性の姿も浮かび上がりました。[*2]

弥生子はロマンティック・ラヴを追求した青鞜社の平塚らいてうや伊藤野枝とは一線を画する存在ですが、親の決めた相手と結婚することを拒み、豊一郎を選んだ弥生子はやはり「新しい女性」の側面を備えていました。オースティンもまた、フェミニズムといわゆる「家庭の天使」とのあいだで揺れ続けた作家です。三〇年にわたり、女性の生きづらさをテーマとする文学研究を続けてきた私が、オースティンの葛藤に共感した弥生子に夢中になるのは必然でした。

本書の構想は、このような、弥生子の生涯や作品への関心から始まりました。ただ執筆を始めると、そこには、現代を生きる表現者たちの言葉が、ヴィヴィッドにつながっていることを感じました。

本書は、オースティンと野上弥生子を結ぶ線の延長線上に、今生きている私、あなたがいるという、私自身の問題意識で捉えようとするものです。そして、家父長制の規範に縛られ、苦悩する女性たちと「グローバリズム」「労働」「結婚」「子育て」「魔女狩り」「エコロジー」「戦争」など多種多様な問題とつなげ、論じる試みの書でもあります。現代のさまざまな物語分析を通して弥生子の作品を読むことで、少しでも今の日本において生きづらさを抱える女性たちの抵抗の物語を掬い取ることができたらと思います。

翔ぶ女たち　目次

翔ぶ女たち

1章　言葉の森を育てた女たち――松田青子と野上弥生子

1．松田青子の『英子の森』

皆「英語を使う仕事」と聞くと、反射的に「あら、すごい」と言った。何がすごいのか。同じ野原のどこかにいるらしい虫のチチチという鳴き声が耳をなぐさめた。空から見たら野原の真ん中で息絶えた、花に囲まれた悲しい動物みたいに見えるかも、キツネとか、と娘は自分の姿を想像してみた。花々の棺の中で安らかに眠っている自分を。夜露が娘の寝間着を完全に征圧し、布地がぐっしょりと娘の体に張りつく。わかっていた。どこにも行けないことは。ここにいるしかないことはわかっていた。[*1]

これは私だ。松田青子の『英子の森』を読んでそう思った。「英語ができる」「英語を使う仕事をしたい」というと、「いいね」「すごい」「国際的」と人はいう。ところが、主人公の英子にとって「英語は魔法。英語は扉」——ではなかった。「アイキャンスピークイングリッシュ」（『英子の森』、一七頁）。これって英語がどこまで話せればそう言えるのだろう。英子は「わからない単語を辞書で引くのは、森の中に分け入るようなもので、木々をかき分け進んでいくと、何も邪魔するものがない野原に出るのだ。それは地道な、けれど壮快な作業だ」という。しかし、ちょっとくらい英語ができる人間なら日本には掃いて捨てるほどいる。英子も、そして高校生だった私も「自信を持てなかった」（同、一八頁）。

英子に英語力を身につけさせたのは母親の高崎夫人であった。娘が高校生のとき、夫が過労で他界し、専業主婦であった自分の無力さを痛感したためである。彼女は嘆く。「あなた（夫）が言うから、家にいて欲しいと言うから、わたしは仕事を辞めて、家にいたのに、ずっと家にいたのに、安心して家の中のことばかりしていたのに、勝手に自分だけ先にいなくなるとはどういうつもりか」と（同、六六頁）。母親は娘を主婦の軛から逃れさせたいという一心で色んな習い事をさせたが、英子が唯一続けられたのが「英語」だった。

高崎夫人は夫に先立たれた後、「ちょうどいい森を見つけると、引っ越した。（中略）娘を学校に入れた。留学させた。専門学校に入れた。そうやって二人で生きてきた」（同、六七頁）。英子は高校の英語のスピーチコンテストで、優秀賞までとった。それほど「かしこい娘」だと高崎夫人は自慢に思っている（同、六一頁）。

英子は、英語が得意だった。「英語ができると後でいいことがある。先生が言った。テレビが言った。広告が言った。母が言った」（同、一七頁）。しかし実際には「英語を使う仕事と英語を使わない仕事、その差50円。なんだこれ。笑ってしまう」（同、二〇頁）。通訳として雇われたはずの投資家相手の説明会でタイムキーパーをする英子は、英語を使うというより、同じフレーズの無限ループにハマっている。できればこの「森」から抜け出したい。しかし、母親の高崎夫人は「なんてこと言うの。この森はいい森よ。やっと見つけた森じゃないの」と聞く耳を持たない（同、三二頁）。英語の森から出たいと思いつつ、英子は英会話教室での仕事を始める。それは「びっくりするくらい面白」かった（同、五七頁）。ただ、そこに敷かれていた安っぽいカーペットを、苦々しい気持ちで眺めていた。

英子は、英語の「森」の真ん中で白雪姫のように棺に入って、金縛りのように体が動かなくなってしまう自分を想像していたが、私も英子と同じように、すでに「英語の森」を栖とする——英会話学校を家業とする家に生まれてしまった——自分の運命を呪っていた。まさに「英語ができると後でいいことがある」がスローガンの一家である。幼い頃はそれに疑いを持つことなどなく、素直に英子の母のような「英語教」の敬虔な信者になった。それだけに、娘である私や、私の姉にとって、英語は文字どおり生きる糧であった。

私たちの場合は、母のみならず、父までもが、英語の森を拡大すべく、せっせと植林していたのだから、和歌山市を拠点に何十キロにもわたりそのコロニーが勢力を伸ばしていた。子供ながらに、和歌山という土地は、英語を使う仕事につけなければ、結婚するしかないと思い込むほどの閉塞感があった。母は、高崎夫人のように仕事をやめて専業主婦になった。同じ轍を踏むまいと、私はいてもたってもいられず、ある日、そこから逃げ出すようにして家出をした。けれど、電車に乗ってもお金がなくなってしまい、天王寺より先に行くことはできなかった。自分の無力さを痛感させられた瞬間だった。いつかは本当の「家出」を決行してやろうと目論んだ。

しかし皮肉なことに、気づけば私は「英語の森」の住人としての王道を生きていた。高校生になった頃には、英子と同じように、英語のスピーチコンテストに出場するほど「グローバル」文化一色に染まっていた。「ぼくらもグローバル社会に取り残されないように英語がんばりましょう」（同、三八頁）というような強迫観念があったのだろう。イギリスの大学を卒業した後、日本で就職せずにそのまま大学院生になり、山ほどアルバイトをしたが、そのときも自分には英語があるんだと言い聞かせていた。しかし、英語能力が驚くほど賃金に反映されなかった。英語ができても搾取される社会の構造に焦る英子の気持ちは分かりすぎるほど分かる。国際会議の通訳の募集があって採用されたものの、後になって知ったことだが、その運営会社には通訳に支払う予算が不足していて、私のような学生の労働力に頼るしかなかったのだという。経験も何もない駆け出しの私には好待遇など期待できなかったが、一週間ほど朝から晩まで通訳して、登壇者の世話をして、さらには毎晩次の日の会議の資料が大量に送られてくる――さすがに、それだけ働いて時給に換算すれば一〇〇〇円にも満たないくらいと分かったときには、やるせないと思った。別のアルバイトでも、通訳として採用されたはずなのに、雑用係としてこき使われ、泣き寝入りしたことが何度もある。

「なんでわたしみたいに、どうにもならない状況の人がふきだまりみたいにいっぱいいるんですか?」（同、七二頁）と愚痴をこぼす英子の言葉には、驚くほどのリアリティがある。物語の最後で、英子は「英語の森」に留まる決意をするのだが、それは経済的自立を勝ち取るためだけではない。そこが肝心なのである。「英語は魔法の扉」ではないと諭す友人に対し、英子は「それでも英語はやっぱりどうしても自分にとって特別なんです」（同、七三頁）という。そのとき、「切迫感でぱんぱんになっていた英子の風船」が、細い針で穴が開けられたようになり、「体内の淀んだ空気が抜けはじめているような気が」するのであった（同、七三〜七四頁）。英子にとっての「英語の森」は、決してメディアによって風船のように膨らまされた幻想などではなく、日々、生きていくために必要な活力の源泉、あるいは癒しでなければならなかった。

作者の松田青子自身も英文科を卒業し、小説家として活躍する傍ら翻訳にも携わっている。私はこの小説を読んで、彼女の「言葉」の豊饒さ——森、木、花、野原、種、鳥、動物、風船など——から広がる想像世界への愛着のようなものを感じた。インタビューでも、松田は翻訳と小説について次のように答えている。「どちらも誰かの声を聴く作業をしているという意味では、すごく似ています」。小説も、自分から発信するものというより、「きっとどこかにいるに違いない誰かの声を受信するようなかたちで書きたいし、書いている」のだという。[*2]

英子は英語で散々嫌な目にあったにもかかわらず、それでもやはり「英語の森」が好きだと思う。その点でも、私は「リアル英子」なのかもしれない。私も英子と同じような、心境の変化を辿ってきた。

わたしは分厚い辞書のページを繰った。もうすぐ野原が見えてくる。

小さな橋を渡りながら、その上に覆い被さった柳の木の、そのやわらかい葉をなでる。「ただいま」。小径を歩きながら、横に広がる野原の花に声をかける。「ただいま」。（同、八〇〜八一頁）

英子は、「半分死んでしまった森をもう一度生き返らせることにした。種を植えた。木を植えた」（同、八一頁）。彼女には分かったのだった。「自分の覚悟が足りなかったこと」が（同前）。私も大学院の授業を受けながら、アルバイトに明け暮れていた頃、生涯英語の「森」の住人でいようと覚悟を決めていた。英語力を存分に生かせる職業を狙いにいくなら、熾烈な競争に巻き込まれるだろう――ただ、競争なんて関係なく、その森にいるのが楽しいからいるんだと言い聞かせながら。

そうなったら、夢中で勉強するだけだ。イギリスの大学院の学費のための奨学金だけはもらえた。あとは生活費さえなんとかなれば……。高校生の頃にお世話になったホストファミリーが家政婦として家に置いてくれるというので、なんでもやった。料理、皿洗い、犬の散歩。怖い犬が一頭いて、それはもう恐ろしかった。しかも器用な犬で、真夜中に勝手に私の部屋のドアをあけてそっと入ってくる。私が深い眠りについた頃、ドシンと衝撃を感じて目覚めてみると、その犬が私のお腹の上に乗っかっていた。怖くて声もあげられず、眠れない夜を過ごすこともしばしばであった。そんな怖い犬を連れて家の隣にある大きな森を散歩させることも私の仕事で、その大きな犬が突然走り出すと、当時もやしのようにひょろっとしていた私は数メートル引きずられて、木の根が盛り上がったところで足を擦りむいて、血だらけになった。友人はみんな安定した仕事を得て幸せそうなのに、三〇近くにもなってなんで私だけがこんな惨めな生活を送らなきゃならないんだと、森のなかでわんわん泣いた。けれど不思議なことに、家に戻って本を読み始めれば、また力が湧いてくるのだ。「わたしは分厚い辞書のページを繰った。もうすぐ野原が見えてくる。／小さな橋を渡りながら、その上に覆い被さった柳の木の、そのやわらかい葉をなでる。「ただいま」」という英子の感覚に近かった。

とにかく、一九八〇年代、九〇年代の日本は今以上に「グローバル」圧が凄かった。それより前の、グローバル化が始まった高度経済成長期の日本における英語への期待値は異常だったのかもしれない。いや、このグローバル化の波はもっと以前から押し寄せてきていた。明治から大正時代にかけて、海外の文化が一気に流入した時期がある。その頃、英語やそれ以外の言語を学んだ人々が涵養した教養は、今の日本社会で差し迫って求められる「教養」とは性質が異なっていた。平塚らいてうも、伊藤野枝も、神近市子も、相馬黒光も、そして野上弥生子も、女学校時代から夢中になって語学や文学を学び、その言葉の技術を生きる糧にしていった。いってみれば彼女たちは**明治の「英子」たち**だ。本書では、新自由主義が日本社会を支配する以前、つまり英語が単なる「スキル」になる以前の時代を振り返りながら、当時から現在にいたる〝グローバル化〟の波に翻弄されてきた女性たちについて考えてみたい。それは『ファスト教養』の著者レジーが「「教養」への不安」と呼ぶ感情が日本を覆い尽くす以前の時代、教養への憧れや好奇心に溢れていた時代である。ただし、ファスト教養の「浅さ」や「不完全さ」を否定しようとするわけではない。ましてや「古き良き教養に戻れ」という方向性を示唆したいわけでもない。そういった「命令」こそ、新自由主義的な思想の罠にとらわれることでもあるからだ。[*3]

私たちは、自己責任論が蔓延る時代に、成果を出さなければと駆り立てられ、何か大事なものを失いつつある。こういう時代だからこそ「英子」も、そして私たちも、ファスト教養と呼ばれるものや、「英語」「グローバル」という言葉のキャッチーさに魅了されてきたのではないだろうか。勉強したいと思っていることがあっても、「じっくり向き合う精神的な余裕」が奪われていく。「ファスト教養」というものは、「そんな日本社会の空気に最適化されたフォルムを保っているからこそ大きなパワーを持っている」（『ファスト教養』、一八七頁）。つねに生産性を求められる能力主義の社会では、何かを深く勉強するには時間がない。

日々膨大な情報が拡散されるなか、学校や職場で何かしらの「成果」が期待される、そのような**メリトクラシー**的（＝能力主義）な要求に踊らされることなく、生の充溢をはかるにはどうすればよいのだろうか。私は心が躍動するままに何かに夢中になることや、文学や芸術の力に期待を抱いている。明治、大正期に活躍した数多くの「英子」たちのなかで、女学校時代の学びをもっとも長く継続させたのは——長寿だったからといえるが——作家で翻訳家の野上弥生子である。弥生子は、イギリスのモダニズム作家のヴァージニア・ウルフが言っていた「自分ひとりの部屋」を長年もてなかったことを、谷川俊太郎との対談で語っている。「ええ。だって彼ら〔子供ら〕が学校へ行くと、その部屋にパッと入っちゃいましたから。だから自分の書斎なんて持てたのはいつのことやら」。谷川は、結婚生活をしながら執筆活動を続けてきた弥生子を**「翔んでる女なんですね」**と賞賛した。[*4] 本書では女性がいかに引き裂かれそうになりながら生きてきたか、弥生子だけでなく、今の時代に語り直される女の葛藤の物語にも着目したい。

2.「ファスト教養」と「レジリエンス」への抵抗

能力主義、あるいはメリトクラシーということでいうと、『ファスト教養』では、サッカー選手の本田圭佑が例として挙げられている。「強烈な努力と強靱《きょうじん》なメンタルでここまでの地位を築き上げた彼は、周囲にも同様のスタンスを悪気なく要求」しているというのだ（同、一七七頁）。このスタンスは、レジーが紹介するビジネスパーソン「Aさん」の言葉とも共鳴する。

「スキルアップを目指さない人は、やっぱり淘汰《とうた》されてしまうんじゃないでしょうか。自分はこの世の中は弱肉強食だと思いますし、自己責任という考え方にもやや同意します」（同、一三二頁）。別の「Bさん」は、今ではファスト教養の象徴ともなっている『中田敦彦のYouTube大学』の二〇分から三〇分くらいの動画さえ「長い」と感じていて、一つの動画が一〇分ほどの、別のチャンネルを見るようになったという。Bさんがそういった動画を見るのは、「個の力を高めたい」からだ。自分の「成長スピードが遅い」と思ったり、「会社のブランドで何でもできてしまうので自分の実力がついているのか不安」であったり、「すでに結果を出している」友人たちの姿を見て「焦り」を感じてもいる（同、一三四頁）。

このように「結果」が求められる新自由主義的な社会では、女性たちや周縁化されるマイノリティの人びとは、さらなる圧迫に苦しめられているのではないだろうか。[*5] アンジェラ・マクロビーが指摘しているように、競争のエートスや自己責任論の基盤となる「個」の力、あるいは個人主義は、女性の場合、「性的なパートナーの選択を間違ったこと、自尊心に欠けていること、若くして子供を産んでしまったこと、十分な学歴を得なかったこと（中略）について、自己を厳しく非難する」といった方向にはたらく。[*6] この「十分な学歴を得なかったこと」への自責は、『英子の森』の高崎夫人の苦悩に表されていた。

他方、メタ・プラットフォームズ（旧フェイスブック）の元COOであるシェリル・サンドバーグが具現する女性の高学歴やビジネスでの成功、それによって手に入れた「完璧な生活」

は、不断の「努力」（＝merit：有能さ、手がら）によるという物語が流布している（『フェミニズムとレジリエンスの政治』、七九頁）。確かに「ある特殊な努力が行われれば、レディー・ガガやレナ・ダナムのようなセレブリティたちによって証明されたように、苦難や苦痛は最終的に「克服」できる」のかもしれない（同、八〇頁）。しかし、メディア研究者でフェミニストのアンジェラ・マクロビーは、このようなレジリエンス訓練型の、すなわち「もっと強く、独立して、よりレジリエンスを高められるようにしよう」というような**リーン・イン・フェミニズム**に警鐘を鳴らす。なぜなら、このようなフェミニズムは、結局、「競争の価値を教えこみ、自己責任化」を促進する道具になってしまう可能性を孕んでいるからだ（同、八一頁）。

あらゆることが市場に基づく社会で、「達成可能に見える力」を信じ、「商業的な後援を得てレジリエンス〔対応力〕を持つ」（同、一二二頁）、そういった自律的な自己をめざす女性が理想化されるのが今のポストフェミニズムの状況である。こういった状況は、様々な排除を伴うとマクロビーはいう。シンジア・アルッザらによる『99％のためのフェミニズム宣言』も同様の懸念を示している。非正規雇用で働いている女性たちは、十分な収入を得られず、より一層困窮している。一部の女性のトップ層が輝き、もてはやされたとしても、足元の女性たちは救われないままなのだ。[*7]

それでは、誰しもが参加し、恩恵を受けられるフェミニズムとはいったいどういうものだろう。マクロビーは、個人ベースの「レジリエンス」（対応力）を要求してくる社会——当然、ここには日本も含まれる――の喫緊の課題として、「広範な貧困緩和プログラムを含む、より根源的な社会変化」の必要性を挙げている。「もっとも脆弱な人口層の人びとが単に苦しめられているだけではなく、自分たちの悲惨な状況を改善し、自己責任の言説を嘲い、いわゆるメリトクラシーの幻想的な性質を示」していかなければならない（同、一九九～二〇〇頁）。今の格差社会で問題にすべきは、一パーセントのエリート層ではなく、残りの九九パーセントの人々が文化的教養を耕せるのかどうかではないだろうか。「英子」が英語に対して抱いていた幻想や、ファスト教養的なメリトクラシーを乗り越えること、そこに真の民主主義思想が宿る未来があるように思う。

米政治哲学者マイケル・サンデルは、現代社会に共通して見られる学歴偏重病と「公的言説のテクノクラート的転回」が密接な関係にあるという[*8]。多様な価値観があるなかで「意見の衝突」に向き合う行為は民主政治の核心であるが、テクノクラート的なスタンスはその衝突を飛び越えようとする。すなわち、「正義や共通善の問題」が回避され、政治で扱われなくなってしまうのだ（『実力も運のうち　能力主義は正義か？』、一五四～一五五頁）。そして、サンデルはこのような政治と新自由主義の間に「類似性」（同、一五七頁）を見いだしつつ、「普通の人びと」は「専門家」たりえず、情報を選別することもできないというテクノクラート的な信条を語る政治家の態度に「能力主義的なおごり」がまとわりついていると主張する（同、一五六頁）。

イギリスでも、かつては新自由主義の「競争のエートス」でないまったく別の価値体系に基づいた実践が行われていた。「自分たちよりもさらに特権を奪われた他者たちと協働」する実践である。たとえば、戦後イギリスの社会民主主義的な政治実践では、女性に「ケアの専門職、医療サービス、教職、ソーシャル・ワーク、育児、地方自治体などにおける就業の機会」が提供されていた（『フェミニズムとレジリエンスの政治』、八二頁）。今の新自由主義的な状況では、高学歴や外見のルックスを含め「〈完璧であること〉の理想がより明確に強調」され（同、八三頁）、職を得たり、キャリアアップしたりすることが、公的な領域から離れ、自己責任であると考えられている。

今の日本社会では、女性の高学歴や批判精神は、より屈折した形で受け止められている。漫画原作のドラマ『逃げるは恥だが役に立つ』の新垣結衣演じる主人公みくりは、大学院卒で派遣社員をしている。西森路代によれば、「彼女が常に深く考え、疑問をもつ態度」を見せることに対して、「かつてのボーイフレンドや周囲の人たちは「小賢しい」と」終始批判的である。「ここでの「小賢しい」とは、「女性は難しいことを考えて疑問を持ち、空気を乱すようなことを言っていたら男性に嫌われるよ」ということの言い換え」だ。[*9] 確かに、**女性が高学歴であることを忌避する周りの態度**は今の日本の風潮を映し出しているともいえる。明治期にはこのような「小賢しい」女性たちは「新しい女」と呼ばれた。NHK連続テレビ小説『虎に翼』に描かれる猪爪寅子や彼女と共に弁護士になることをめざした女性たちは、世間の冷ややかな目に晒されながら法律を学んだ。当時の女性たちにとっての「高学歴」とは、女学校や可能な場合は大学（あるいは津田英学塾のような私塾）に通うことであった。彼女たちがお構いなく言論の場で「意見の衝突」という民主政治の核心に近づく実践を行っていたことを、今こそ思い出したい。それはまた「他者たちと協働すること」を言祝ぐ、伸びやかな教育がなされていた時代でもある。それは主に女子教育において積極的に行われていた。その教育実践が、明治、大正期の「英子」たちの語学力のみならず、批判精神を育成し、優れた翻訳家を育ててきたのだろう。

3．ギリガンの『もうひとつの声で』の邦訳

翻訳の重要性ということでいうと、じつは最近ハッとさせられることがあった。キャロル・ギリガン *In a Different Voice* の優れた新訳『もうひとつの声で　心理学の理論とケアの倫理』が二〇二二年に刊行されたのだが、[*10] その訳者のひとりである川本隆史とケアの倫理論を日本に普及した一番の功労者である岡野八代が対談イベントに登壇した。[*11] 岡野は具体的な例を挙げながらその翻訳の精度の高さを称賛しつつも、それに時間を要したことが残念であると言った（旧訳が刊行された一九八六年から三六年経っている）。**ケアの倫理**の嚆矢でもあるギリガンの代表作の新訳があまりに長い間刊行されなかったことによって、この重要な著書がその間日本の読者に届かなかったことを憂えていたのである。

じつは、私自身はこのことをさほど大きな問題として捉えていなかったのだが、この指摘によって私のなかに無自覚なケアレスネス（＝carelessness; ケアの欠如）があったことに気づかされた。私は心のどこかで、ギリガンの研究に触れたい人は原著で読めばよい、と思っていた。だから翻訳が刊行されないことに大きな問題があるとは思わなかったのだ。

しかし、考えてみれば、日本の大多数の人は海外の研究動向を知るために翻訳を参照する。岡野自身が読者へのケアについて主張するのは当然のことであった。[*12] その意味を理解したとき、岡野自身がこれまでいくつものフェミニズム関連の書物を翻訳してきたことが、どれだけの重みを持つのかを痛感した。ギリガンの意思を受け継いだジョアン・C・トロントによる『ケアするのは誰か？』[*13]や、エヴァ・フェダー・キテイの代表的な研究書『愛の労働あるいは依存とケアの正義論』といった重要な英語文献を邦訳したのは岡野だった（後者は牟田和恵とともに[*14]）。このことを踏まえれば、ショーン・フェイによる『トランスジェンダー問題　議論は正義のために』が高井ゆと里によって、原書刊行後わずか一年と一ヵ月の間に翻訳されたことが、どれほど重要な意味を持つかははかりしれない。

翻訳、通訳を含む言葉のコミュニケーションの橋渡しが、いかに「ケア」の実践につながるかは、すでにダナ・ハラウェイによって明快に述べられている。ハラウェイは、何世紀も前から男性至上主義の社会で道具化されてきた女性、あるいは有色女性たちを**サイボーグ**に当てはめている。たとえば、スペインのアステカ征服に際して通訳として活躍したマリンチェという女性がいる。[*15] マリンチェは新世界のメスティーソという「非嫡出」人種の母であり、「男性至上主義的な恐怖をいだかせる性悪な母」という否定的なイメージが持たれていたが、ハラウェイは彼女を「生存を教示し、起源において読み書きに秀でた母」というケア提供者のイメージへと変容させた（「サイボーグ宣言」、三三八頁）。支配層に奉仕してきた広義の「ケア」実践者の物語を掘り起こし、サイボーグを肯定的に捉え直したのだ。[*16] ハラウェイは「女性、有色の人々、自然、労働者」など、支配者にケアを提供してきた他者――このカテゴリーには動物も含まれる――を「サイボーグ」と呼ぶ[*17]（同、三三九頁）。

このようなサイボーグの役割を担う存在として明治、大正時代に翻訳、編集、出版に携わった大勢の女性たちの「ケア」に着目したい。自動翻訳がなかった時代に、弥生子や同時代の女性著述家たちは、海外から流入する文学や思想を直ちに翻訳することで、より多くの日本人が国外の多様な思想や価値観に触れることを可能にした。その重要性は、留学する特権を持つのがまだ一握りのエリート層の男性たちに限られていたことを考えれば一目瞭然である。語学の達人として知られる天文学者、博物学者の南方熊楠も、[*18] 文豪の森鷗外や夏目漱石も、劇作家の島村抱月も、両親や兄弟の財力により、政府や教育機関の奨学生として、海外で語学力を身につける機会を得た。他方、資金力のなかった女性たちはどうしていたのだろうか。[*19]

なかには、伊藤野枝のように、親の反対にあい、親戚を頼るしかなかった女性もいる。金子文子の場合、学問をしたいばかりに家出同然で東京に赴いたが、新聞店で働いて苦学をするしかなかった。文子は幼い頃祖母の佐伯ムツとともに朝鮮に旅立ったが、祖母による虐待に苦しめられた。日本に戻ってからも、父親が叔父との間に縁談の話をつけて文子を嫁にやろうとするなど、[20]その父親の「暴圧」(『何が私をこうさせたか』、二五一頁)に耐えかねて、文子は頼るあてもなく、家を出たのだった。貧困に喘ぎながらも、執筆を通して政治活動を行っていた朴烈と親密になった。そして彼から次のような提案を受ける。「ブルジョア連は結婚をすると新婚旅行というのをやるそうですね。で、僕らも一つ、同棲記念に秘密出版でもしようじゃありませんか」(同、四〇四頁)。二人は、同棲を始めてから、共に『太い鮮人』という機関誌を創刊した。[21]文子が日本帝国主義に抵抗する一員に加わったのは、特権を持つテクノクラート的な人たちが朝鮮人を苦しめるのを見かねてのことだったのだろう。

このような不屈の魂で執筆を続けた文子は例外なのかもしれない。明治期のフェミニストたちはたいてい女学校で幅広い教養や語学力を身につけていった。一九一一年(明治四四年)に創刊された月刊誌『青鞜』は、外国語と女性の教養を結びつける象徴ともいえるだろう。文章を書き、海外の書物を翻訳して、経済的自立を勝ち取ろうとする女性たちが連帯する場として機能していた。今振り返ってみても、『青鞜』の創刊は日本のフェミニズム運動にとっての分水嶺だといえるのではないだろうか。編集長の平塚らいてうも、そしてまた彼女から『青鞜』を引き継いだ伊藤野枝も、英語を学び、翻訳に着手していた。らいてうは、成美女子英語学校に通学していたが、生田長江の勧めでエドガー・アラン・ポーの散文詩の邦訳を試みていた。[22]野枝はもともと福岡の出身だったが、東京にいる叔父を頼って上京し、上野高等女学校に編入学したのだった。のちに野枝が夫の辻潤と子どもを捨てて一緒になる相手、大杉栄には実は愛人がいたのだが、その女性こそ神近市子で、彼女は翻訳や評論で生計を立てるロールモデルのような女性であった。[*23] 市子はラッセル女史が創設したミッション系の活水女学校で英語を磨き、その英語力に相当の自信を持って、津田梅子の津田英学塾に入学している。[*24] 市子が、その後『青鞜』に関わることになるのも必然であっただろう。

森泰一郎によれば「日本の最初のフェミニズムを支えたのは、キリスト教の女学校であったといっても過言ではない」[*25]（「初期・活水学院の三人の娘たちと近代日本」、八一頁）。明治期に創設されたフェリス・セミナリー（現・フェリス女学院）や明治女学校は、英語のできる人材を数多く輩出した重要拠点として挙げられる。一八九六年に、麴町にあった明治女学校の校舎が焼失し、翌年巣鴨村（現在の西巣鴨二丁目あたり）に移転したのだが、移転時の校長である巌本善治は、女性教育に勤しむ傍ら、『女学雑誌』で啓蒙活動を行った。ちょうどその頃に入学したのが、新宿中村屋の創業者で、一九一五年に日本に亡命したインド独立の闘士ラース・ビハーリー・ボースを陰で支えた相馬黒光である。黒光が明治女学校に入学した頃は、島崎藤村も教師として在籍していた。英語教育のみならず、かなりリベラルな教育が実践されていた。黒光が、インドからの亡命者たちを匿ったとき、彼女自身牢獄に入る覚悟をしていたという逸話は有名である。中島岳志によれば、その心意気は「日本を頼ってはるばるインドを脱出して来て、日本に一身を託した亡命者を、政府は見殺しにするがわれわれはこれを保護する」というようなものであった。[*26] このような行動にはまさに「他者たちと協働する」態度がある。黒光といえば、カレーで有名だが、当時はパンで新宿中村屋をおこした女性として名が知れていた。その中村屋のサロンは明治大正昭和を通して多くの文化の交差点になった。

4. 家父長制的権力から解放する「森」

野上弥生子は、黒光卒業後の明治女学校に入学する。二人の交流は断続的だったようだが長く続き、一九五四年にはラジオで共演もしている。[*27] 弥生子は、大分県にある臼杵という封建的な町にある代屋（現在の小手川酒造）の二代目の娘であった。小学校の高等科に進学するとともに、国学者久保千尋の塾に通って『古今集』、『枕草子』、『徒然草』、『日本外史』、『源氏物語』、四書五経の素読など、国文と漢文の手ほどきを受けた。作歌や英語の塾にも通った。明治女学校に入学すると海外文学の作品にも触れた。教科書として使用した授業で、アルフレッド・テニスン、ラルフ・ウォルドー・エマーソン、トーマス・カーライル、ウィリアム・サッカレー、シェイクスピアらの英語の原典と、辞書を引きながら格闘したのだった。

弥生子は夏目漱石に師事して作家になったのだが、その創作活動の傍ら、スイスの作家ヨハンナ・シュピリの『アルプスの少女ハイジ』を日本で初めて日本語に翻訳したり、夫の豊一郎が翻訳していたジェイン・オースティン『高慢と偏見』（上巻）の手助けをしたり、[*28]さらにはその翻案小説『真知子』も書いた。ブルフィンチによる『ギリシア・ローマ神話』や『中世騎士物語』、チャールズ、メアリ・ラムによる『シェイクスピア物語』（子供向けのダイジェスト版）も弥生子が邦訳している。彼女の語学力を養ったのは、女学校時代の教育と、和書、洋書を含む膨大な読書量であった。彼女のこの一途に学び続ける態度は年老いても変わらず、「私は死ぬまで女学生でいるつもりでございます」と七〇に迫る年齢の頃に、哲学者の田辺元に書き送っている[*29]（『田辺元・野上弥生子往復書簡（上）』、二四五頁）。夫が他界した後に親密な関係となった田辺とは北軽井沢で頻繁に手紙を交わし、また時折会ってもいた。その度に、ニーチェ、リルケ、ハイデガーなどの著書について意見を交わし、高齢の弥生子は、ますます知的世界にのめり込んでいった。何歳になっても、新しい分野に果敢に挑んでいくその学究的態度には目を瞠るものがある。

弥生子が、女学校時代のことについて書いた自伝小説に着手したのは八七歳のときであったが、[*30]この作品のタイトルは『森』となっている。それは、彼女が通った明治女学校が移転後の巣鴨の「森」のなかにあったからだ。弥生子にとって「森」は生命を育む象徴的な場所でもあっただろう。

（……）岡野直巳をはじめ教師の一人一人が、キリスト教人文主義といった根本義においては同志であっても、性向、閲歴、趣味となれば大いに異なっており、かえって違うことによって調和をつくりあげている。その意味から、嘉治とみ代の流儀も古街道ぞいの**森の風変わりな共同体**にいっそふさわしいのであった。（『森』、一二二頁。強調引用は筆者）

弥生子が六年通った女学校が「森の風変わりな共同体」と表現されている。彼女にとって、明治女学校は英語や外国文学に親しみ、そして「性向、閲歴、趣味」などが異なる教師たちと接することで、多様性の感性を育むことができる共同体であったのだ。

サンドバーグの**リーン・イン・フェミニズム**が、ごく一部の恵まれた女性たちがスキルアップを求める新自由主義的なフェミニズムであるとするなら、ケア・フェミニズムは、あらゆる人の多様な価値が共存する共同体を理想とする。ドイツ文学者のインゲ・シュテファンは、「フェミニズムは解放運動としての性格を啓蒙運動と共有しています[*31]」と書いた。弥生子もまた、古今東西の知によって啓蒙され続けたフェミニストに違いない。彼女が自伝的作品のタイトルを『森』としたのは、もしかすると新自由主義的な「成長」とは異なる、人間的な「生長」と結びつくような啓蒙的経験を描きたかったからなのかもしれない。松田青子が『英子の森』に描き出す葛藤のイメージは弥生子が抱いていた森の両義的なイメージと重なるのかもしれない。

そもそも「森」は古来、人間の心を癒す霊気を秘めているという。[*32] 弥生子が邦訳したラム姉弟による『シェイクスピア物語』に収録されている『夏の夜の夢』の舞台は、大方アテネ郊外の森である。その「森」の象徴的な意味とは何か。それはおそらく若者たちが恋の障害となる社会的な制約から離れて、妖精たちのいる魔力に満ちた場へと逃れることと無関係ではない。森とは「緑の世界」であり、「娘に対して絶対的権力を持つ父親」に抗するための場所なのである。[*33]『夏の夜の夢』では、四人の若い男女の人違いの恋のてんやわんやや、ロバに変身した無骨な機織り職人（『シェイクスピア物語』では道化者）に恋する妖精の女王など、愛の愚かしさや無秩序さが、豊かなイメージで演劇芸術に高めて描かれている。閉じられた世界ではない。むしろ**家父長制的**なものから解放される道筋を示している。それゆえに、「森」はこれまでも詩的想像力の世界を表すメタファーとしても機能してきた。弥生子訳のこの作品の冒頭を抜き出してみよう。

むかし、アテネの町は厳しい法律で、娘がおとうさんの選んだ人を夫にするのを断われば、おとうさんは、その娘を死刑にしてもよいということになっていました。しかし、実際には、この法律によって娘を死刑にしようという父親はありませんでした。

ところが、イージュースという老人が、自分の娘のハーミアに、この町の名門の若者デミトリアスと結婚するように命じたのに、ライサンダーという別の青年を愛して、いうことをきかないから、死刑にしてほしいと、アテネの王に申し出ました。[*34]

娘のハーミアが好きでもない若者と結婚させられるという危機は、妖精たちの魔法によって回避される。妖精の王オベロンは若者デミトリアスのまぶたに花の汁から作った媚薬をぬらせることにするが、妖精のパックが誤って別の青年ライサンダーのまぶたにぬってしまい、途中あべこべになるものの、最後には、ハーミアは彼女の愛するライサンダーと結ばれることになる。『夏の夜の夢』では「森」は習俗を打破するイメージとして描かれ、彼女もその森のもつ政治的な意味合いに共感できたのだろう。

興味深いのは、『青鞜』に度々翻訳などを寄稿していた弥生子の実生活が「新しい女」の体現するようなラディカル性を孕んでいなかったことである。彼女の選択は、反社会的ともいえるロマンティック・ラブに果敢に突き進んでいった平塚らいてうや伊藤野枝とは違う。豊一郎と結婚することに踏み切った理由は、ロマンティック・ラブからというより、むしろ彼女の貪欲なまでの向上心であった。とはいえ、当時の常識からすると、親の決めた相手と結婚しないという意味では、「恋愛結婚」であった。もちろん、彼女が漱石に師事していたことも影響していると考えられるが、妻、三児の母、そして小説家として日々の現実と向き合おうとする彼女のプラグマティックな態度が、恋愛至上主義に走らせなかったのかもしれない。[*35]

とはいえ、ひとたび弥生子の日記や作品を読めば、表立っては可視化されない弥生子のラディカル性は見いだされる。弥生子が明治三九年春に明治女学校を卒業した後、当時は娘の縁組は父親が決めるものとされていたにもかかわらず、彼女は「郷里では勉強ができない。東京にとどまって、勉強をつづけたい、と熱望して〔夏目漱石の門下生であった〕野上豊一郎と結婚した」のだった。*36 実家大分で親の決めた相手と結婚しても勉強する環境は望めないと見越した上での選択だった（『評伝　野上彌生子』、四四頁）。つまり、彼女も「家」のしがらみに屈せず、我を通すことを選んだ「新しい女」であったのだ。一見「家庭の天使」にも思えるこの女性作家は内に情熱を秘め、スカーレット・オハラにも負けずとも劣らない炎を燃やしていた。まさに、夏目漱石の『虞美人草』において白眼視されていた藤尾のようである。藤尾は物語の最後で漱石に死という形で罰せられてしまうものの、小野という相手を自分で選ぶという主体性を持つ「新しい女」として描かれた。*37 弥生子もまた、父の手から夫の手へと譲渡されるものとしての女の道を否定し、明治以降に目覚めた女性の主体性を行動で表した。これはおそらく、彼女がオースティンの『高慢と偏見』に惹かれていたことにも通じるだろう。

弥生子が一九三二年に上梓した小説『真知子』の主人公は、『高慢と偏見』のアダプテーションである。原作のヒロイン、エリザベス・ベネットは読書好きだが、弥生子による翻案ではヒロインの真知子は大学で社会学を聴講している。また、裕福な独身男性ダーシーのプロポーズを断ったエリザベス同様、真知子も結婚適齢期になっても即座に結婚しようとはしない。彼女には、そう簡単に「真の幸福」が手に入るとはどうしても思えないからだ。

幸福な結婚と云ふものが、母の云ふやうにさう容易に誰にでも手に入るものだとは彼女には信じられなかつた。反対に、春燕の飛ぶのを見て急いでネルを着はじめるやうな、また十二時の時計に促されて、胃の腑が空かなくても空いても昼の食卓に坐らされるやうな、謂はば慣例に過ぎない一つの儀式を境界として、突然特定した或る存在が自分の存在に結びつき、話すことも、笑ふことも、考へることも、食べることも、眠ることも、一人の相手を意識することなしには許されないと云ふ奇妙な生活の中で、真の幸福や、自然な暢《の》びやかな楽しさがあり得ようとは思はれなかつた。[*38]

真知子は結婚生活が生の「自然な暢びやかな楽しさ」を奪ってしまうと考え、縁談も断ってしまう（『野上彌生子全小説7　真知子』、一二一頁）。求婚者のうちの一人、河井は誰もが羨むほどの資産家で、真知子の親族にいわせれば理想的な結婚相手だが、彼女の知性は、家父長制的権力の声ではなく、自らの生の声を聞いている。真知子は、大正期に「新しい女」と呼ばれたフェミニストたちの大胆さで、社会主義思想をもつ自分よりも階級の低い関と恋に落ち、性的関係を結んでいる。

5．バックラッシュと「英子たち」の闘い

女性が権利を主張すれば、保守派がその言説を弱めようとする。長い歴史のなかで、これが何度も繰り返されてきた。[*39]『逃げるは恥だが役に立つ』のみくりが周囲の人たちに「小賢しい」と批判的に見られる理由もそこにある。『バックラッシュ』の作者スーザン・ファルーディは、歴史的に、女性が男性と対等の地位を獲得しそうになると、フェミニストたちに対する**バックラッシュ**が必ず起きているという説を打ち出している。

バックラッシュは第二波フェミニズムの後に起こった一過性の流行ではなく、時代や国境を越えて、過去に生じた、あるいは未来にも生じうる現象だと考えられる。バックラッシュの言説が優勢的な社会であってもフェミニズムの意義を追求する知識人――マクロビーやファルーディなど――が重要視するのは、「フェミニズム」というラベルに過度に敏感にならないこと、かつ女性の問題に無関心にならないことである。たとえ「フェミニズム」という連帯から切り離されても、個々人が学ぶことをやめず、啓蒙され続けること、女性として直面する問題について「対話」し続けていくことが肝要なのかもしれない。

それを忍耐強く行っていたのが、ジェイン・オースティンである。ヴィヴィアン・ジョーンズは、オースティンが生きたポストフェミニズムの状況を明快に論じている。一八世紀の初期

フェミニズムの旗手メアリ・ウルストンクラフトたちの女性運動後に起きたバックラッシュによって、イギリスの社会全体が急速に保守化した。そんな社会情勢の中で書かれたオースティンの『高慢と偏見』には、どうすれば批判的主体としての「女」が社会に受け入れられるかという創意工夫が見られる。[*40] 当時、女性は結婚して初めて一人前になるというルソーやエドマンド・バークらに代表される保守的な考え方が根強くあったが、ウルストンクラフトは彼らの女性劣視を真っ向から否定し、女性も教育を受けることで、従属させられる地位からの解放をめざすべきと唱えた。しかし、そのことでウルストンクラフトはホレス・ウォルポールに「ペチコートをはいたハイエナ」「哲学する蛇」と嘲笑されるなど、激しいバックラッシュにあう。[*41]
オースティンはウルストンクラフトを反面教師としながら、小説では異性間の結婚を描くプロットで保守的な態度を示した。そのため、これまでも数多くのオースティン研究者に、彼女は「フェミニストではない」と誤解されてきた。しかし、結婚で大団円を迎えるプロットで「保守的な物語」を偽装しながらも、実は物語の核心部にはウルストンクラフトのような反逆性が埋め込まれている。
私が思うに、弥生子は「新しい女」が誕生しつつあった時代にリアルタイムでバックラッシュの波を感じ取っていた。だからこそ、漱石からオースティンの『高慢と偏見』を勧められて読んだとき、らいてうや野枝たちとは違う生き方を選んだ自分と重ね合わせたのではないか。彼女がより保守的な生き方を選んだのも、オースティン的と言える。オースティン自身も、結婚はしなかったものの、実人生においてはスキャンダルとはまるで無縁であった。

弥生子の『真知子』でも、女性の選択についての「対話」が継続している印象を受ける。興味深いのは、『真知子』が「新しい女」についての物語でありながら、自己陶酔を免れたヒロインを前景化している点である。つまり、真知子は個人主義的な、自己の欲望のみに突き動かされる人間ではなく、他者の苦しみを理解し、葛藤を抱え込んでいる。友人の米子が関の子を身ごもっていることを知らされた彼女は、悩んだ末、関との関係を断ち切る。その後、一度プロポーズを断った河井との結婚の可能性を探るところで物語は幕を閉じる。オースティンによる原作では、ウィッカムという――関にあたる――男性に好意を寄せていたエリザベスが、妹のリディアと駆け落ちをしたことで（しかも彼は過去にも同じような試みをしていた）不誠実な彼に幻滅し、それと同時に、裕福だが他者の気持ちに寄り添うことのできるダーシー――河井にあたる――の二回目のプロポーズを受け入れるという物語である。オースティンの小説と違うのは、真知子が関に幻滅する理由が、彼女の友人、米子への思いやりの欠如であったことだ。彼女自身は、関との幸せな結婚を手にしたいと強く思っている。しかし、倫理的に、彼女はそれを自分に許すことができないのだ。

弥生子は、このヒロインを社会通念に屈する人物としてではなく、複雑な判断や省察的な思考プロセスを経て、自らの生き方を選び出そうとする女性として描こうとする。一九五二年の岩波文庫版の「まえがき」に、弥生子は次のように書いている。

（……）私の女主人公が彼〔関〕に出逢つたのは不運であつたかも知れないが、それによつてえた一つの素朴な批判精神は、彼女をふみ越え、同情よりは嘲笑をもつて前進してゐる今日の若い目覚めた婦人たちにも無駄ではないであらう。（同、三八四頁）

真知子はフェミニスト的な「新しい女」の物語を生きつつ、自己批判的に生き方を修正し、おそらく結婚後もそうあり続けるだろうことを期待させる（「〝ポスト〟フェミニズム理論」、七〇頁）。『高慢と偏見』の原書を愛読書にしていた弥生子は、この小説に登場するヒロイン、エリザベス・ベネットについて、「まことに彼女の知性と、それを裏づけてゐる明朗にしてゆたかな才智と、少しの虚飾もない率直と正義感に結びつけられた潑溂とした情熱に引きつけられないものはないと思ふ」、と書いている。[*42] オースティンの小説から多大な影響を受けた弥生子が描くヒロインは確かに、知識欲があり鼻っ柱の強いエリザベスを想起させる。

オースティンはなぜ結婚しなかったのだろうか。それはもしかすると、結婚することによってなんらかの犠牲を払わされる運命を恐れていたからかもしれない。オースティンの同時代作家としては『フランケンシュタイン』の作者でメアリ・ウルストンクラフトの娘メアリ・シェリーがいるが、彼女の場合、夫で詩人のパーシーと駆け落ちすることによって、父親のウィリアム・ゴドウィンの影響を逃れ、作家生活を送るようになる。しかし没後、メアリ・シェリーの名前は、オースティンとは対照的に、最近まで正当に評価されてこなかった。『ザ・リテラリー・ガゼット』に掲載されたシェリーの訃報記事によれば、「私たちにとって愛着を感じられる彼女のもっとも永続的で、親しみのある敬称は、フランケンシュタインの作者としてではなく、パーシー・ビッシュ・シェリーの献身的な妻としてである」。パーシーが二九歳で夭逝してから、彼女は彼の詩人としての名声を築き上げることに邁進し、彼女自身が彼の草稿を編集する超人的な仕事を成し遂げたにもかかわらず、自分がその評価対象から外れてしまった。メアリはパーシーの作品を世に残すことに心をくだき、意図せずして、この評価を形成するのに貢献してしまっていたのだ。*43

弥生子もまた、一般読者にはさほど知られていない。能楽師で人間国宝の宝生弥一は、安倍能成による、弥生子についての次のような評価を紹介している。「彌生子は、誠に利口な人で所謂、一を聞いて十を知る、正にその通りの人であるが、彌生子をあれだけにしたのは、〔夫〕野上（豊一郎）の力が大いにあるのですよ*44」。『虎に翼』の象徴的な場面、すなわち、寅子が、大学の講義を漏れ聞いた時に「婚姻状態にある女性は無能力者」という法律があることを知る場面を想起させる。メアリ・シェリー同様、弥生子の功績は夫の陰に追いやられてしまっている。弥生子の運命は、才能があるにもかかわらず、というより、その才能のゆえに、エリート層の男性たちに求められてパートナーになった「才女」たちとよく似ている。

男性の助力者を得ることによって闘った女性たちの歴史は、フェミニズムの苦闘の一部を浮かび上がらせる。シュテファンによれば、このように結婚した（あるいは同棲した）女性たちは、創作活動、研究活動に打ち込みたいと思っても、必ずしもその願いは叶えられなかった。それはしばしば彼女らの強すぎる個性のせいにもされてきたが、実際には、男性たちの「吸血鬼まがいの欲求」によるところが大きい（『才女の運命』、一九頁）。作曲家グスタフ・マーラーの妻、アルマは、少女時代から絵画、文学、哲学、作曲に才能を発揮したが、夫には常に献身的であることを求められた。また、夫の死後親しくなった画家オスカー・ココシュカの要求はさらに厳しく、アルマに次のように言っている。

君は女性であり、ぼくは芸術家だ。ぼくは早く君を妻に迎えたい、そうしなければせっかくのぼくの才能は破滅してしまうんだ。君は夜の間に、魔法の妙薬のようにぼくを新しく生まれ変わらせてくれなくてはいけない。（中略）君がぼくをどんなに強くしてくれるか、君のこの力がいつも働くならばぼくがどんなに偉大な画家になれるか、わかってきたんだ。（同、一九頁）

アルマは「妻である女性はいつも貧乏くじを引く」（同、二〇頁）と失望していた。ただ、自分を「道具」にしようとする男性たちでさえ、「鉄の鉤爪でわたしは自分の巣を作るのです。どんな天才もわたしにとっては巣を作るための獲物、都合のいい藁のようなものなのです」

（同、三四頁）とも書いている。つまり、「自分が吸い取られるのではなくて、自分の方こそ男たちから吸い取っているのだ」という視点がある。

長い歴史のなかで夥しい数の才能ある女性、知性を磨いてきた女性が、パートナーや夫に「吸い取られる」こと、犠牲になることに耐えてきたのだとすれば、このような視点は貴重である。また、画家ワシリー・カンディンスキーの妻、ニナは、「完璧な内助の妻」としての役割を受け入れつつも、自分もまた芸術家としても活動を続けることを望んだ。

彼女は夫の背後に退き、夫が自分の才能を伸ばし、心配事から解放されて仕事できるように、たくさんのことを犠牲にしなくてはなりません。わたしはそうしたのです。（中略）わたしは、カンディンスキーの生活の負担を減らすように努力したのです。（同、二〇～二一頁）

ニナは、夫の「そばで芸術家として成長していきたいのだ」（同、二一頁）、と主張した。作家トーマス・マンの妻、カーチャは、ニナと同じように、「高名な夫、の脇で妻としての役割を演じることに、何の問題も感じなかったように見える」が、実は「わたしは自分の人生において、やりたいと思ったことをすることは決してできませんでした」（同前）と幾分不満が残るようでもある。

6. 弥生子のネガティヴ・ケイパビリティ

弥生子の苦悩も日記に綴られている。夫の豊一郎は日本の英文学者、能楽研究者であるが、法政大学総長を務め、能研究の発展にも寄与した。彼はいわゆる勝ち組である。豊一郎は、酷い嫉妬のため、妻の弥生子が他の男性と仕事のために会うことさえ嫌がった。彼の嫉妬が彼女にどんな影響を及ぼしたか知ったなら、彼はもっと自己抑制するだろうと弥生子は書いている。

私見たいな束縛と監視の下に生きてゐる女が一人だつて生きてゐるだらうか——少くとも或る仕事の職業をもつた女の間には一人だつてゐないことを断言する。男といふものは実際にくらしい獣である。いや、その鎖を絶てない私がバカなのだ。私の本統の位置と苦悩を知つたならきつと多くの人は目をまはすだらう。私は彼を憎む。心から憎む。私に娘のないことはなんといふ仕合せだらう。考へる度にさうおもふ。私のやうな苦痛は私一人で沢山だ。[*45]

このように、夫への怒りの感情を日記にぶつけている。それが小説執筆の原動力にもなっていたのだろう。そうは言っても、豊一郎との結婚は弥生子に多くの知的刺激を与えた。彼女にも、「自分が吸い取られるのではなくて、自分の方こそ男たちから吸い取っているのだ」という態度がある。明治期にオースティンをいち早く評価し紹介したのは漱石であったが、その漱石による評価は、彼の弟子であった豊一郎が『高慢と偏見』の上巻を翻訳することに繋がり、さらに弥生子がこの作品を下敷きにした『真知子』を発表し、『虹の花』という翻案小説を生み出すことへと発展していった。しかも豊一郎は、おそらく当時の日本では珍しく、妻が作家を続けていくために家政婦を雇うなど様々な便宜を図った（もちろん弥生子自身は、すべてのケア労働を家政婦に任せていたわけではないが）。弥生子は嫉妬深い夫にしばしば怒りの感情を向けながらも、自分の創作活動を支えてくれる結婚生活を捨て去ることはしなかった。まさに**ネガティヴ・ケイパビリティ**の力が発揮されていたのだろう。

ネガティヴ・ケイパビリティとは、答えのでない不確かさのなかで耐える能力という意味で、イギリスの詩人、ジョン・キーツが弟たちに宛てて書いた手紙で初めて用いた言葉である。いま世のなかで重要とされているのは問題解決や物事の処理能力で、「ファスト教養」はそのために効力があるとされている。現代の学校教育において目標として掲げられるのは、このような、「ポジティヴ・ケイパビリティ」である。弥生子は、理解できない夫の豊一郎に対して怒りを感じつつも、彼を遠ざけることなく、その不可解さと共存していた。相手の気持ちや感情を分かろうとしつつも、分かった気にならない「宙づり」の状態である。その態度がうかがえる言葉が日記に綴られている。

私のたえ難い苦悩はその不可能を悲しむのだ。その間にいやな、たまらない不純な嫉妬や束縛や圧迫が交つて来るから腹が立つのである。（中略）彼はすべての束縛を愛情の名に依つて解釈しようとする。しかし本統の愛情は相手を苦しめることではない筈である。相手のために忍ぶのこそ本統に優しい愛情である。女はどんなによくそれを知つてゐるだらう。[*46]

弥生子は子育てをしながら、生涯現役作家として執筆し続け、夫が六六歳で亡くなるまで連れ添った。そして彼女は九九歳で亡くなるまで、不当なことに対して「不当」だと怒りながらも、この宙づりの態度を手放すことなく小説を書き続けた。

彼女は昭和初期から六〇年ほど、春から秋にかけては北軽井沢の大学村で過ごし、文字通り「森」の山荘で思索を深め、創作に没頭していた。そこで書かれたエッセイ「巣箱」では、人間の悪しき家族主義への批判が繰り広げられている。「家」は本来人間が短い生涯、生活を送る場として考えられるべきであるという思想がうかがえる。そして、「人間と鳥たちのあいだの著しい相違の一つは、「家」についての態度ではないだろうか」と問いかけている。[*47] 弥生子が一年の半分を過ごしたこの山荘こそ、まさに彼女自身誰の干渉も受けずに小説を書くことのできる「巣箱」であったのだ。そこで思いだされるのが、アルマの比喩である。「鉄の鉤爪でわたしは自分の巣を作るのです。どんな天才もわたしにとっては巣を作るための獲物、都合のいい藁のようなものなのです」。弥生子もまた、じぶんの「巣箱」のなかでせっせと「巣」を創っていたのだろう。

さらに、弥生子は地球全体の平和を願う惑星的思考を展開している。蜂や鳥たちにとって「家」は「果すべき機能を終えたとなれば」簡単に捨て去ることのできるものである。

それにくらべて人間たちはどうだろう。この世でともに集って住むための機械にほかならぬものが、時代の変化で狂いを生じ、危うく崩壊もしかねない有様になったのに驚き、あわて、原因に就いてがやがや議論し、意見、思想の対立では血腥い騒ぎまでおこしかねないのに、根本的な改修はおろか柱一本、羽目板一枚も容易に新しくはなしえないで、ぼろ家をなんとか維持するのにやっきとなっており、またその中にうようよしている人々は、同じく捨てきれない巣によって「財産」なるものを背負いこみ、家屋税の、相続税のと苦労するのだから、蜂やかけすたちには、人間というものはなんと無能な生きものか、といよいよ嘲けられるかもしれない。（「巣箱」、三九頁）

弥生子は戦争経験者として、このような人間同士の争いは戦争と地続きであることも意識している。「世界地図のどこかの端っこで、ほんのちょろちょろしていると思った火が、なにかのきっかけで不意にマップ全体にめらめら拡がったとしたら、もっと明確に、第三次世界戦争なるものが発生した場合、「疎開」といったのん気な真似が一体どこで出来よう」（同、四二～四三頁）。晩年、弥生子は、一年のうちの半年過ごしていたこの山荘での生活をますます好むようになっていった。「東京の街路にうち群れているひとびとより、森の樹々がいっそ親しいころの解けあう群集である」とさえ書いている（同、四〇頁）。

松田青子や野上弥生子によって、女性の生きづらさが「森」というイメージで表現されるのは、彼女らが苦悩を強いられる社会では、迷いながらも進んでいくしかないという意味が込められているからかもしれない。しかし、それでも森に息づく動植物には何か霊妙なものがある。彼女たちは「森」や「花」という言葉から瑞々しい活力を得て、その生命力を声なき者の声に移植しようとしたのではないだろうか。それはまさにレベッカ・ソルニットが『オーウェルの薔薇』で深めている思索と似ている。ソルニットはジョージ・オーウェルの次のような言葉を引用する。「植樹は、特に長命な堅い木を植えることは、金も手間もほとんどかけずに後世の人に残すことのできる贈り物であり、もしもその木が根づけば、善悪いずれにせよほかの行為の目に見える結果よりも、はるかにあとまで生き延びるだろう」[*48]。これは、文字通り「木」について言えることでもあるが、この言葉の向こうには、「文学」が後世の人に残すことのできる贈り物であるという意味合いが含まれる。

ソルニットはその感受力の高さで、オーウェルのディストピア小説『一九八四年』に描写されている声なき者の声、つまり洗濯女の愁訴の声に耳を傾けている。ソルニットは、オーウェルによって「野薔薇」に喩えられた洗濯女の描写をそのまま抜き出している。

彼女はつかのまの開花、野薔薇の美しさのおそらくは一年をへて、そのあと花が受粉して果実となるように突然ふくれ上がり、堅く赤くがさがさになり、それから彼女の暮らしは、洗濯、床拭き、繕いもの、料理、拭き掃除、床磨き、修繕、床拭き、洗濯といった仕事の日々で、それをまず子どもたちのために、つぎに孫たちのために、三〇年以上にわたって途切れなくつづける。（『オーウェルの薔薇』、三〇九頁）

このオーウェルの文章を引用することによって、ソルニットはケア実践を担う彼の洗濯女へのまなざしを私たち読者に「植樹」しているのだ。日々家族の世話に明け暮れ、政治活動にさえ参加できない中年女性の生の輝ける瞬間を捉えたオーウェルの、薔薇のような言葉を植樹しているのである。ここに私は他者の生を祝福し、癒そうとするソルニットの態度を見る。彼女は、男性作家や男性知識人を敵視するのではなく、彼らと協働しながら生きようとしているのだ。

薔薇はさらに「霊妙な何か」を養う。それは「心だけではなく、想像力、精神、五感、アイデンティティ」に根づく薔薇であり、「生きていて身体的に満たされるだけでなく、それを超える何かが必要」なのだという（同、一〇五頁）。ソルニットは、オーウェルが自分とは異なる境遇で生きている人間の生を知り、それについて書いたことの意味を見いだそうとしているのだろう。たしかにオーウェルは、常に他なるものたちの経験を共有し、それについて書いた。たとえば、彼は皿洗いや、浮浪者の「実際の」生活に、長期に潜入して調査し、それを記録したものを『パリ・ロンドンどん底生活』として出版した。そこには、中流階級には想像できない労働者や浮浪者の生の言葉、俗語や、挿話が綴られている。

一九七〇年代に生まれた私は、**ウーマン・リブ**とともに成長した世代だ。リブの運動が盛り上がりを見せたのは、女性に対して結婚や出産のプレッシャーが今よりも強く、さらに「女らしさ」の規範も強かった一九六〇年代である。菊地夏野によれば、リブの文章に「女」という表現が使われたのは、「「婦人」に象徴されるような女性に与えられた社会的役割を拒否し、そうではないものとしてアイデンティティを立ち上げることを目指していた」からである。[*49]ようするに、「女が家庭の妻・母として日本国家を支える役割を担っていることとの総体」（菊地、三六頁）を批判対象としているのだ。リブは、妻や母という役割を女性が演じることで「抑圧の構造を担ってしまうこと」（同前）に抵抗していた。[*50]その議論にも一理あると思うのだが、そうすると、妻や母として生きた『英子の森』の高崎夫人のような女性の声はかき消されてしまうのではないだろうか。あるいは、弥生子のように「婦人」であり、かつ「新しい女」でもあった書き手はフェミニストを名乗ることさえ許されなくなるのではないだろうか。
一九五〇年代初頭にメアリ・ウルストンクラフトの思想に出会い、どうすれば女性が主体の歴史を描けるかについて研究をしてきた水田珠枝は、一九七〇年代の日本について次のように書いている。

戦後、いわゆる民主化政策の一環としておしすすめられた女性解放は、婦人参政権の実現、高等教育への門戸開放、古い「家族制度」の廃止などを通して、女性の地位をたかめた。それにもかかわらず、現在の女性の生活は基本的には、あの頃と大差なく、女性は家庭に拘束され、職業による自立の道は狭く苦しい。[*51]

フェミニズムとは「差別を受ける当事者がみずからの異議申し立てにより自己決定を回復しようとする運動」でもある（同、四〇頁）。サンドバーグのように、運動の成功によって権威を持った一部の当事者が、「当事者の代表」として自分の権力を正当化することは本末転倒なのではないだろうか。「マイノリティとフェミニズムという主題は最近少しずついわれるようになってきている」と菊地は言う（同、四四頁）。私が弥生子に注目したいと考えるのは、まさにその点においてである。彼女は差別を受ける当事者として書きながらも、常に他のマイノリティの声に耳を傾けていた。今後の章では、弥生子が根づかせようとした〝薔薇〟のような言葉を紹介できればと思っている。

2章 『エブエブ』と文学のエンパワメント――辻村深月と野上弥生子

1. 規範から翔ぶエヴリン

二〇二三年一月末に「産休・育休中のリスキリング」が国会の代表質問で自民党議員と岸田首相とのあいだで肯定的に語られ、SNSなどで炎上した。もちろんスキルを身につけること自体、決して悪いことではないはずで、「リスキリング」も元来肯定的に語られて然るべきである。新しいスキルや資格で、人生が豊かになったり、雇用条件もよくなったりする可能性は大いにある。しかし、そもそも多くの育休中の女性はなぜそうしない、あるいはできないのかを為政者たちは想像してみなかったのだろうか。多くの時間を家事や子育てに費やしている彼女らにとって、「リスキリング」は「負担が増える」ことはあっても、それによってケア負担がなくなる（=「休み」になる）ことはない。このような誤った認識は、ケアの価値の毀損とさえ捉えられるだろう。

このことがあって、思い出したことがある。私の母は、華道と茶道が免許皆伝だが、結婚してから子育てや家業の英会話学校の手伝いに奔走し続けたため、何か一つのことを極めることができなかった。ずっと宅建の資格を取得したかったそうなのだが、結局、その夢はかなえられなかった。他方、祖母は母とは正反対の人生を送っていた。彼女は、戦後間もなく知り合いの保証人になったせいで法外な借金を肩代わりすることになり、貧困に喘ぎながら、生きのびるために和歌山で不動産業を始めた。幸運にも祖母は事業に成功し、当時、地元の不動産業界で彼女の名前を知らないものはいないほどだった。毎日事務所にひっきりなしにやってくる顧客たちの賑わいは今でも思い出すことができる。時折、孫たちに御馳走や小遣いを振る舞ったりもしていた祖母のその栄光の陰には、しかし、誰かの犠牲があった。仕事で忙しかった祖母の代わりに家事や弟妹の世話を引き受けていたのは、私の母だった。

もし宅建の資格取得で「リスキリング」に成功し、仕事を始めていたら、母の人生はどう変わっていただろう。母が幼い頃に経験した「孤独」――〝おかあちゃんが仕事で忙しかったから、私ら子どもはほんまさみしい思いしたんや〟――という言葉の裏には、そういう思いを自分の娘にはさせまいという気持ちが込められていた。「社会的に割り当てられた役割に対して非常に多くの女性が感じるアンビバレンス」とエヴァ・フェダー・キテイが呼ぶものを、母は感じていたに違いない。それは、「他者のニーズをかなえることのみを善と考える自分の理想」を追求する一方で、「なぜ誰も私にも同じようにしてくれようとはしないのかわからないというアンビバレンス」である。[*1]

大学院生になって、ヴァージニア・ウルフの「女性にとっての職業」というエッセイを読んだとき、母の葛藤が想像以上に激しいものだったのではないかと思うようになった。そして、成長過程で自分が内面に抱え込んでいた「戦い」についても自覚的にならざるを得なくなった。ウルフは、「**家庭の天使**」の幻影を何度殺しても、なかなか死に絶えないこと――「彼女を殺したつもりですが、それは激しい戦いでした」――について書いている。[*2]

「あなたは若い娘さんですね。男の方が書いた本を書評しようとしていらっしゃいますね。賛成してあげなさい。やさしくして、おだて上げなさい。本当のことを言わないで、女の策略をありったけ用いるのです。ご自分の意見があることをだれにも気取られますな。とりわけ、清らかなままでいなさい。」(中略) 私は家庭の天使に襲いかかり、彼女の喉首を摑まえました。ありったけの力で彼女を殺しました。(中略) 女性は、自分の思い通りにことを運ぼうとするなら、魅了しなければ、懐柔しなければ――あからさまに言えば、嘘をつかなければならないのです。(『女性にとっての職業』、四頁)

このように、ウルフは男を「魅了」するために自分に嘘をつくよう要請する「家庭の天使」の声を聞き、首を絞めた。時折、私も母の言動に影響を及ぼしている「家庭の天使」の声を聞いた。イギリスの大学を受験するときに投げかけられた母の「女やのに、なんでそこまでせなあかんの」という言葉が私の心をえぐった。うっかり自分もそういう考えに傾きそうになったが、そのことでかえって母から発せられる規範的な言葉には抗わねばと思い直した。「私の敵は母ではない。母の向こう側にいる何か得体の知れないものだ」と自分に言い聞かせながら。

　ウルフの同時代人作家でもある野上弥生子も、夫と三人の子供との生活に歓びを感じながらも、自分から自由が奪われていることに苦しんでいた。弥生子は、パーティに出席するかどうかですら自分で決められない抑圧のなかで生きていた。その怒りの感情を彼女は日記に、こうぶつけている。「朗らかな自由な判断と行動に依つて極め度いのだ。私のたえ難い苦悩はその不可能を悲しむのだ」[*3]。女性が自由意志を持てないのは、必ずしも誰かに直接阻まれるからではない。弥生子も、ウルフ同様、自分が「どんなに小さくなつてゐるか、彼〔夫〕の意に逆はぬやうにしているか」と述べつつ、自分の欲望を手放してしまう内面の問題について書いている（『人間・野上弥生子』、一八頁）。内面に巣食う「家庭の天使」と戦っていたのは、ウルフだけではなかった。

　今日、「家庭の天使」の亡霊は死に絶えただろうか。いや、まだぴんぴんしている。オスカー・ワイルドの「カンタヴィルの幽霊」に登場する生真面目な幽霊が風邪を引いても、ちょっとやそっとではサボることはない不屈の精神で人間に悪さをしようとしたように、「家庭の天使」は今でも女性を苦しめているに違いない。堅苦しいモラルを押しつけてくる「家庭の天使」の亡霊は、依然として現代社会に浮遊し続けている。だからこそ、その亡霊の撲滅を図るフィクションがあちこちで生まれているのだ。最近反響を呼んでいる作品を挙げるとすれば、辻村深月のベストセラー小説『傲慢と善良』やアカデミー賞で七部門受賞した映画『エブリシング・エブリウェア・オール・アット・ワンス』（以下『エブエブ』）になるだろうか。いずれも、**アルファ・タイプ**ではなく、**ベータ・タイプ**のヒロインが活躍する物語である。

かつて動物行動学では力関係の最上位に位置するオスのチンパンジーやニホンザルを「ボスザル」と呼んでいたが、それは今や「アルファ」（第一順位）と呼ばれ、人間にも転用されている。橘玲によれば、『風と共に去りぬ』の「傲岸不遜」なレット・バトラーがアルファ男性だとすれば、「紳士的」で自己主張をあまりしないアシュレー・ウィルクスはベータ男性である。[*4] この分類をさらに女性に応用するなら、気は強いが強烈な魅力を放つスカーレット・オハラはアルファ・タイプで、他方、控えめで健気な義妹メラニー・ウィルクスはベータ・タイプということになる。『風と共に去りぬ』の「スカーレット」は知っていても「メラニー」は覚えていない、という読者も多いだろうが、それこそがベータ・タイプの女性の価値が不可視化されてきた証左であろう。翻訳家の鴻巣友季子によれば、スカーレットとメラニーの対比は、赤（生）と黒（死）という対立軸によっても説明されるという。これは、生きることに執念を燃やす存在者と、知る者だけが纏うパトスを象徴する認識者の対比でもある。[*5]

現在の新自由主義的な社会はアルファ・タイプの人間を過剰評価する社会である。日本ではこの意味での「アルファ」という言葉はまだ一般的ではないが、英語圏では日常会話にも浸透しつつある。アメリカでは、たとえば、テイラー・スウィフトの「The Man」（二〇二〇年）の歌詞でも、もし男に生まれ変われるなら「大胆なリーダーになるの」（I'd be a fearless leader)、「アルファ・タイプになるの」(I'd be an alpha type) と、さらっと使われている。テイラー・スウィフトは、ミュージック・ビデオのなかで、自ら特殊メイクを用いてアルファ・タイプの男性に扮装し、周りの人に注目される成功者になりきることで、「もし自分が男だったら」という視点から男性優位社会に対する痛烈な風刺を行っている。[*6]

そしてダニエル・クワンとダニエル・シャイナートが生み出した映画『エブエブ』においても、「アルファ」という言葉は——必ずしも肯定的ではない文脈で——多用されている。[*7] 中国系の移民女性エヴリンは、**ベータ・ヒロイン**である。ウェイモンド・ワンと結婚して「家庭の天使」の役回りを引き受けてはいるものの、そこから抜け出せないことに苛立ちを隠せない。しかも、夫ウェイモンドは気は弱く、見るからに頼りない。ベータ・ヒロインであるエヴリンにとって、アルファ・タイプの夫が理想なのだ。たしかに、この映画の冒頭でエヴリンが置かれている状況は「どん底」であるようだ。彼女は介護を必要とする父親の抑圧にがんじがらめになりながら、思春期の娘を気にかけ、[*8] かつ家業のコインランドリーのやりくりで頭がいっぱいなのだ。彼女の不機嫌な顔を眺めながら、「どん底」にいるのは、彼女自身の自由意志なんだから自己責任だろうと突き放す人もいるだろう。

たしかに、封建社会においては出自によって生き方が運命づけられていた人々は、近代の産業革命以降、その束縛から逃れ、自由を手に入れることができた。個人の能力を開花させ、人生を変えられる可能性を手にしたのだ。しかし、社会の構成員全員がこの「自由」の恩恵を享受してきただろうか。いや、エヴリンを含む数多の女性たち――このなかに、生涯独身だったアダム・スミスの世話をし続けた母親も入るだろう[*9]――とりわけ貧困層の人たちは、能力を磨くための資源に恵まれてきたわけではない。エヴリンのように、結婚して家事や育児、そして家業があればなおさら、複数の雑事に追われて自己実現を果たすことができない人もいる。そして、私の母もその「数多の女性たち」の一人である。それなのに、新自由主義的なメリトクラシー社会の文脈においては、「リスキリング」のできない「失敗者」と見なされてしまう。

　この映画では、そんなエヴリンにチャンスが到来する。エヴリンが夫のウェイモンドと共に国税局に出かけると、エレベーターのなかで突然彼の体がだれかに乗っ取られ、「世界が崩壊する危機が迫っている。それを救うのは君しかいない」と告げられる。それがアルファ・バースからやってきた「アルファ・ウェイモンド」である。「何一つ取り柄がない」というエヴリンが、まさかそんなことを信じるはずがない。しかし、マルチバースでは、何もかも失敗している彼女ではない、成功している別の世界のエヴリンの能力を取り込むことができるため、無敵で文字通り「何でもできる」のだ。カンフースターになっていたエヴリンもいれば、有名料理人になっていたエヴリンもいる。彼から奇想天外な方法を教わり、マルチバースに「翔んで」（ジャンプして）、戦う能力を身につける。子育てがようやく手を離れようとしている中年女性が――たとえほんの少しの間だけでも――失われた夢を生き直すことができる、そういう物語なのである。

『エブエブ』がエンパワリングなのは、ベータ・ヒロインがようやく自分の意思で行動し始めるとき、それまで見えなかった世界が見え始めるからである。エヴリンはカンフーの技を繰り出しながら、虚無主義を掲げる強大な敵と戦うのだが、逆説的に、一見最強に見えるアルファの「力」では虚無に満ち溢れる世界は変えられないことに気づいていく。そして、河野真太郎の言葉を借りるならば、対話力や忍耐力を含む「ポストメリトクラシー」的な能力の価値を思い知らされるのだ。[*10] 中村佑子が「マザリング」と呼ぶ力にも通ずるだろう。[*11] それは、カンフーや銃の弾丸で相手と戦うという実力行使よりも、愛とケアで相手を包み込むベータ・ヒロインの「戦い方」を肯定視することでもあり、[*12] 能力主義社会（＝アルファ・バース）への鋭い批評でもある。ネタバレになるが、エヴリンは、最終的にあらゆる状況に対応するケアの力の大切さを噛みしめながら、レズビアンである娘との和解を果たしている。家父長制を内面化していたエヴリンは、娘の彼女を父親に紹介することができなかった。ところが、最終的にその価値観を塗り替えることができている。それこそが、ベータ・ヒロインの底力である。ひとつの能力や技術を極めなかったからこそ、他者の痛みや苦悩を知っている。自分も社会の周縁におかれ、見くびられてきた経験をしてきたからだ。そしてその想像力はありとあらゆる方向に広がり、他者と関係を築くという強みがエヴリンには内在している。[*13] マルチバースに「翔ぶ」能力とは、つまり過去の様々な記憶を召喚する力と他者の苦しみを思いやる想像力である。

『傲慢と善良』は、善良で従順であるよう育てられた坂庭真実《さかにわまみ》をベータ・ヒロインに据える点において、弥生子が経験したような「どんなに小さくなつてゐるか」という女性の葛藤を前面に押し出した作品になっている。ジェイン・オースティンの『高慢と偏見』(*Pride and Prejudice*, 1813) という小説があるが、真実は、社会の性規範に抗うエリザベス・ベネットのような気の強いヒロインではない。どちらかといえば、オースティンと同じ名前である姉ジェイン・ベネットのように、自己主張しない女性である。彼女らはみな、自分に「意見があることをだれにも」悟られないよう生きている。もしかすると、私がヴァージニア・ウルフやジェイン・オースティンの「家庭の天使」に関心があるのも、祖母の言いつけに従順であった母の人生と、保守的な社会における女の生きづらさを綴るこれらの文学作品とを重ねているからなのかもしれない。[*14] オースティンの『高慢と偏見』の翻案小説を二作品(『真知子』『虹の花』)も書き上げた野上弥生子に、私が魅力を感じるのも同じ理由からだろう。この章では、ルッキズムや従順、善良であることについて価値転換がなされた小説——辻村深月『傲慢と善良』、ファン・ジョンウン『年年歳歳』、ヴァージニア・ウルフ『波』「姿見のなかの婦人——ある映像」、野上弥生子「父親と三人の娘」、市河晴子『欧米の隅々』——をベータ・ヒロインたちが翔ぶ物語として考察する。

2．辻村深月の『傲慢と善良』とウルフの「姿見のなかの婦人」

〝結婚小説〟とも呼べる『傲慢と善良』は、タイトルからしても、そして辻村もインタビューで語っているように、ジェイン・オースティンの『高慢と偏見』に着想を得ている。『高慢と偏見』においては、フィッツウィリアム・ダーシーの「プライド」（＝高慢）と、エリザベスの「偏見」が二人の間に立ちはだかり、互いが心を通い合わせるのを邪魔してしまう。エリザベスの父親は五人の娘を養育する必要がある上、年に約二〇〇〇ポンドの収益しかない土地を所有するのみで、ダービシャーに大荘園を持ち、年に一万ポンドの収入を得ているダーシー家とは、経済的に釣り合わない。『傲慢と善良』でも、群馬から東京に出てきた真実は、マッチングアプリに登録して、ようやく「ピンとくる」男性、西澤架と出会うことができるのだが、彼は父からイギリスの地ビールの代理店を引き継ぎ、その事業を軌道に乗せることに成功した勝ち組である。経済的な豊かさの象徴として描かれる外車（ＢＭＷ）を所有する架は、資産家ダーシーを彷彿とさせる。当初、架にとって真実の長所といえば、自慢をしない「いい子」[*15]ということくらいで、すぐに結婚したいと思わせる魅力はなかった。

このように共通点は多いものの、『高慢と偏見』と『傲慢と善良』では大きく異なる点がある。前者のヒロインは才気煥発で自己主張のできる「アルファ」タイプで、後者のヒロインは親の言いつけを守るような従順な「ベータ」タイプであることだ。群馬では母に勧められるがまま結婚相談所に登録するほど従順な真実は、先述したように、エリザベスというより、姉ジェインの方と親和性がある。ジェインは、母親のベネット夫人に言われるがまま舞踏会に出かけていき、チャールズ・ビングリーに見初められるが、彼女に積極性がないことが仇となり、ビングリーの親友であるダーシーに横槍を入れられてしまう。アルファ・タイプのエリザベスは終始、積極性に欠けるジェインを歯痒く思っている。

『傲慢と善良』の架は自信に溢れるあまり婚期を逃してしまったアルファ男性である。そういうタイプに惹かれてしまう真実は、「メイクにもファッションにも隙がな」い（『傲慢と善良』、二九九頁）、架の女友達の美奈子とは対照的なベータ女性なのだ。真実の元同僚の有阪恵に言わせると、彼女は「男性に対してはたぶん、そんなに積極的な方ではなかった」し（同、二四六頁）、合コンに誘われても、「私はこういうの、向いてないし、私みたいのじゃ、来た男性たちもみんな、がっかりするかもしれないから」と言って断っていた（同、二四七頁）。架はマッチングアプリを通じて知り合った真実と――友人の手助けもあって――距離を縮めることができたが、彼の方では「ピンとくる」ことはなく、婚約に至るまでに時間がかかっている。

真実が失踪して初めて、架はいかに真実との関係を軽んじてきたかを思い知ることになる。「ストーカー」に苦しめられていたという真実の言葉から、もしかするとその男に誘拐されているのではないかと考え、母の陽子や姉の希実、友人や知人から手がかりを得ようと一人ずつ訪ねる。真実が以前登録していた群馬の結婚相談所では、小野里というベテラン女性相談員から話を聞くことができるが、架は彼女が放つ言葉に衝撃を受ける――「うまくいくのは、自分が欲しいものがちゃんとわかっている人。自分の生活を今後どうしていきたいかが見えている人。ビジョンのある人」（同、一二九頁）。架の脳裏に思い浮かんだのは、彼が結婚に踏み切れなかったばかりに別れを切り出されてしまった前の恋人アユだった。アユには結婚したいという明確な「ビジョン」があり、そのために煮え切らない彼の元を去っていったのだ。

小野里によれば、真実は「自分自身が何かを欲しくて結婚を考えたというよりは、結婚する年回りだし、周りに言われてそういうものだからやってきた、という雰囲気があ」ったという（同前）。欲望を持たないよう抑圧されて育ってきた真実は何かが「欲しい」という思いを封じられてきた。とはいえ、それは自分の「ビジョン」を持てないと思っている真実の方が、アユよりも外界で起きていることや、周りの人の気持ちを考えていると捉えることも可能で、自分のことを最優先にする生き方とは違う態度である。他方で、「つらかったと思う。婚活していた最後の方、あの子、本当に追い詰められていたから」（同、八三頁）という母陽子の言葉は、あまりに残酷だ。娘にそう生きるよう仕向けてきたのは、母親自身の「家庭の天使」的な教育ではなかったのか。架はこのような証言を聴いていくうちに、「もっと早く結婚を決めていれば」と後悔するようになる。「自分が決断できるかどうかはともかく、真実の気持ちは自分との結婚の方だけを向いているものと信じ込み、その自信の上に胡座《あぐら》をかいていた」（同、九九頁）と、知らず知らずのうちに自分が真実に対して傲慢な態度で接していたことを痛感する。

ベテラン相談員の小野里からは「『高慢と偏見』という小説を知っていますか」と尋ねられる。小野里は「イギリスの、ジェーン・オースティンという作家の小説なんですが、あれを読むと、十八世紀末から十九世紀初頭のイギリスの田舎での結婚事情というのがよくわかるんです」と説明している（同、一三四頁）。

現代の日本は、目に見える身分差別はもうないですけれど、一人一人が自分の価値観に重きを置きすぎていて、皆さん傲慢です。その一方で、善良に生きている人ほど、親の言いつけを守り、誰かに決めてもらうことが多すぎて、〝自分がない〟ということになってしまう。傲慢さと善良さが、矛盾なく同じ人の中に存在してしまう、不思議な時代なのだと思います（同、一三五頁）

小野里は、周りから〝自分がない〟ことにされてきた数多くの男女と対話を重ねてきたことで、善良でありながらも「自分の価値観に重きを置きすぎ」る傲慢さにも気づいている。つまり、ここでいう「傲慢さ」を持つのは、アルファ・タイプの人間だけではない。ベータ・タイプの女性にしても、受け身であることが正しいと考えてしまう。たとえば、架のようなアルファ・タイプの男性に対しても、主体性や「ビジョン」を持つ女性と思われないように気をつけなければと「家庭の天使」が真実に忖度させるため、これみよがしに彼に結婚をにおわせるリスクを取れない。じっさい「結婚や出産」を現実的に考え、それを欲するアユに対して架は「うっすら「女って怖い」」(同、六六頁)と思っていた。人は互いの内面世界を知ることができないから傲慢になってしまうとも言えるが、ここでは相手の心の裡にそっと思いを馳せることの重要性も意識させられる。

『傲慢と善良』では、姉の希実こそが自己主張する行動的なタイプで、すでに結婚し、子育てをしながら、証券会社に勤めている。ちょうど『高慢と偏見』のエリザベス(アルファ・ヒロイン)とジェイン(ベータ・脇役)の立場が反転され、真実(ベータ・ヒロイン)と希実(アルファ・脇役)となっているのだ。「架は〔希実に〕一目会って好感を持ったし、てきぱきと家事をし、娘に接する様子を見ながら、仕事もできるのだろうな、と思った」(同、一四六~一四七頁)。アルファ・タイプの希実は、従順すぎる真実のことをやはり歯痒く思っている。希実に言わせると、真実は「基本的には親を悲しませたくないっていう気持ちが強くて、結局は母の言う通りにしちゃう。私とも、母の悪口を言い合ったりするけど、結局は『お母さんの気持ちもわかる』って、いろんなことを譲っちゃうんだよね」(同、一六三頁)。

そもそも、群馬を出て東京で自立しようと考えたのも、真実を実家に縛りつけようとする母親から独り立ちしなければという焦燥感からであった。飲み会から遅く帰ったときに母が放った言葉が真実を決断させた。「飲み会に行ったりするくらいなら、もっと家のこともやってほしいの。台所や洗面所のタオル、いつも誰が替えてると思ってるの？　玄関やお風呂だって、きれいで当たり前だと思ってるでしょう。お手伝いしてよ。ルールを決めよう」（同、三六七頁）。真実は、自分の不甲斐なさのために母に「小さい子を縛るような言葉」を吐かせてしまい、「痛々しい気持ち」になる。「お母さん、ごめん。／こんなこと、言わせてごめん」（同、三六八頁）。

真実は自立するために上京して、ようやく結婚したいと思える男性、つまり「多趣味で、友達が多くて、私よりずっと広い世界を知っていそう」な架と出会うことができた（同、三六九頁）。しかし、架は真実の知らないところで、彼女に点数をつけていた——たまたま遭遇した架の女友達の美奈子らから「架、あなたのこと、七十点だって言ってたよ」（同、三四四頁）と知らされる。その夜、同居している家に帰ると、架は寝室で横になっていた。「叩き起こして、そして、責めてもよかったのかもしれない。けれど、そうする前に、私は彼に気づいてほしかった。どうして私から動かないと、この人は、いつも何も気づかないのだろう」（同、三五〇頁）。真実は架の失言を知ってからも、彼を責め立てるのではなく、彼がどれほど彼女を傷つけたかに自分で「気づく」ことを期待している。その翌日、彼が家を出ていくまでも「気づいて、気づいて、気づいて」と思いながら、「じっと体を硬くして」待っていたが（同前）、結局架は彼女の異変に気づくことなく仕事に出かけてしまった。真実はそこで、それまでの「自分」から思い切ってバース・ジャンプすることを決意する。

『傲慢と善良』の前半部分の視点人物は架であり、後半部分まで読者はこのベータ・ヒロインの内面世界について知る術がない。ヴァージニア・ウルフも「姿見のなかの婦人――ある映像」という短編で、同じような語りの工夫をしている。たとえば、語り手はイザベラ・タイソンという女性について限られた情報しか読者に与えない。「仮面のように無関心な彼女の顔」の下には、「情熱的な経験」があるかもしれない、大理石張りのテーブルの上にのっているイザベラの「手紙」には数々の経験が綴られているだろうと、読者自身に想像させることを促す。[*16] 語り手は、イザベラの「手紙」を眺めながら、彼女の人生に思いを馳せている。「彼女がそんなにも多くのことを隠し、そんなにも多くのことを知っているなら、まず手に入る道具、つまり想像力を働かせ、彼女をこじあけなければならない」（「姿見のなかの婦人」、一四三頁）。そう言いながらも、「まるで牡蠣ででもあるかのように「彼女をこじあける」なんて、この上なく繊細で巧緻で柔軟な道具以外のものを彼女にたいして使うなんて、不敬で愚かしいことだ。想像力を働かせなければいけないのだ」（同、一四五〜一四六頁）とも言っている。多くを語らないヒロインほど、「仮面」の下に何か別の顔があるのではないかと考えさせる。

真実も架も、相手が「牡蠣ででもあるかのように」こじあけることはせず、想像力を働かせることで、互いの内面世界を想像し、寄り添おうとしている。架は、関係者たちから入手した情報をつなぎ合わせて、ようやく、真実が自分のせいで追い詰められていたことを知る。〝自分がない〟とされていた人たちも、自分と同じように欲望を持ちうることも架には想像が及ばないことだった。架はまた、打算のなさという意味の「善良さ」にも気付かされている。真実の「ストーカー」は結婚相談所を通じて真実が出会った男性であるに違いないという偏見さえ持っていたが、そのうちのひとり花垣学に会ってみると、かつて何度か会っただけなのに真実が失踪したことを本当に「心配」している。「もう少し打算的に——真実を攫うような行動力があり、なおかつそれを隠したいと思うなら、もっとましな表情をするはずだ」と花垣のその善良さ、打算のなさに驚いている（『傲慢と善良』、二九三〜二九四頁）。そして、「自分のような、〝善良でない〟人間からしてみると驚くほどに我欲が薄い」花垣と対峙して、「そうした人たちの存在を再認識する」にいたる（同、二九六頁）。「そうした人たち」のなかに、ベータ・タイプの真実も入るのだろう。

西澤架の「架」という名前には、まさに分断されている人たちの架け橋のような存在であることが象徴されている。少なくとも、そういう願いを作者は込めているのだろう。『傲慢と善良』は、互いが互いの「正義」に拘泥するあまり、互いへの思いやりやケアが後回しにされてしまう現代社会で、そういった傲慢さに、少しずつ気づいていく物語なのである。言い換えれば、アルファ・タイプ、ベータ・タイプ、そしてそれ以外の多様な人間がそれぞれの立場から、一つではない「正しさ」について考え、それをケアや愛の力で理解し合える道筋を発見していく物語でもある。キャロル・ギリガンが提唱した**ケアの倫理**である。

それまでの「自分」から思い切ってバース・ジャンプしようと決意した真実は、「今日からは――すべてから自由なのだ」と改めて実感している（同、三七九頁）。この「すべて」のなかには姿見／インスタに自撮り写真を上げていた「自分」や母に従順だった「自分」も含まれる。真実は、美醜の観念からも少し解放されている。谷川ヨシノという女性の着古されたダウンの着こなしを見て、架たちが着ていた新しいダウンより「むしろ断然おしゃれに見え」ると気づく（同、三八三頁）。それはかつて世間が期待する「魅力的な女性」を演じなければと思うあまり、「ファッション誌から切り抜いたような」自撮り写真をインスタに上げていた「自分」から距離をとることでもあった。その彼女のインスタ写真を見た架は、まるで「真実が真実ではないようにおしゃれ」な姿であると、違和感を感じていたのだった（同、二七四頁）。

ウルフは「姿見のなかの婦人」のクライマックスで、鏡のなかに映し出されるヒロインの姿を描写している。ウルフは、姿見に映る「真実（truth）」、すなわち見た目（＝ルッキズム）を想像力とは対極にあるものと考えている。ここであえて逆説的な「真実」という言葉をウルフが用いているのは、辻村が『傲慢と善良』でヒロインの名前を「真実」とした理由と同じであろう。光はイザベラの姿を捉え、「本質的ではない上っ面のものを酸のように食い取り、真実だけを残しておくように思われた（At once the looking-glass began to pour over her a light that seemed to fix her; that seemed like some acid to bite off the unessential and superficial and to leave only the truth.）」（「姿見のなかの婦人」、一四六～一四七頁）。[*17] ここで重要なのは、鏡のなかのイザベラの姿形は「真実」を映し出すように「思われた（seemed）」ことである。決して真実「である」とは書かれていない。「部屋のなかに姿見をかけたままにしておくものではない」（同、一四七頁）。鏡に映る姿を本物の自分と思い込むことの危うさをウルフは示唆している。

3．『年年歳歳』と「父親と三人の娘」――脱家族主義

ファン・ジョンウンの『年年歳歳』にはベータ・ヒロインと呼べるであろう三人の女性――母親、長女、次女が登場する。しかし、社会的な構造に抑圧されている彼女らの感情は複雑に交錯し合い、家族であるにもかかわらず、必ずしも互いが互いを理解しているわけではない。一九四〇年代生まれの母親イ・スンイルは、早くに両親を亡くし、叔母に引き取られ、「順子」（スンジャ）と呼ばれていたが、入籍するときに初めて自分の名前が「スンジャ」ではなかったと知る。「従順の順《スン》に、子供の子《ジャ》。順子、おとなしい子。私はそれが自分の名前だと思ってた」とイ・スンイルはいう。[*18]

何年かうちにいれば、あんたが望むだけ勉強も技術も習えるし、田舎のよりいいものを

着せて食べさせて、頃合いを見ていいところにお嫁に行かせてあげるよ。おばはそう約束したが、おばと一緒に鉄原郡地《チョルウォングンチ》境里《ギョンニ》を離れ、金浦《キムポ》の松亭里《ソンジョンニ》に到着したイ・スンイルは、初日から約束は実現しないものとあきらめた。おばの家には子供が七人いた。おば夫婦は市場で酒類問屋を営んでおり、一日じゅう工場と市場と小売店を行き来していたので、そんなに大勢の子の面倒を見ることができなかった。洗濯と食事の準備と食後の片づけだけでも仕事が山のようにある家だった。(『年年歳歳』、一〇七~一〇八頁)

こうしてイ・スンイルの幼少期は、ケア負担を担うことから始まった。彼女はおばの家に到着した夜から、「おば夫婦とイ・スンイル本人まで含めて十人分の家事を一手に引き受けた」のだ(同、一〇八頁)。

結婚してからも彼女の苦労は続く。夫ハン・ジュンオンが詐欺の被害をこうむった後、彼が飲めない酒を飲んだせいで、「店はまたたく間につぶれた」(同、五二頁)。幸い長女のハン・ヨンジンが高校を出てすぐに流通企業に就職したおかげで、彼女が家族の生活費を稼ぐことができた。妹のハン・セジンが会社を訪れれば、ハン・ヨンジンが財布を出して、フォー二杯分を払うのだった(同、五四頁)。彼女は、こうして家長のように振る舞う反面、「やりたいことを全部やって生きるなんてできないよ」と、自分の欲望を必ずしも伝えていない。将来は絵を描きたいと思っていたが、その夢も家族のために諦めた。母の「イ・スンイルもそうだっただろうとハン・ヨンジンは思っ」ている（同、七五頁）。ハン・ヨンジンは職場の同僚と飲むと決まって「お母さんは私がどんなに遅く帰っても、私より先に寝てたことがなかったの」（同、七四頁）とこぼしている。斎藤真理子の「役割に忠実に生きてきたハン・ヨンジンとイ・スンイルの内面の広さが描写されるほどに、家庭と呼ばれるものの四面の壁はめりめりと外に向かって倒れていく」という洞察ある言葉は、ジョンウンの語りの特徴を的確に捉えている。[*19]

内面世界に広がる互いへの無理解、不寛容が家庭の空虚さも浮かび上がらせている。ハン・ヨンジンは、母親が息子のハン・マンスに対しては「おまえが生きやすいところにいろ」と言ったのに、娘の自分にはその言葉を言ってくれないと嘆き（同、七四頁）、他方で、イ・スンイルはハン・ヨンジンの家族のために身を粉にしてケア労働をしている。「この年になって婿の家でこんなに顔色を窺いながら暮らすとは思わなかった」といつも疲れを滲ませている。ハン・ヨンジンも「あの家のすみずみに」母の疲れが蓄積していることに気づいているが、その声には耳を傾けない（同、一九頁）。この二人と引き比べると、次女のハン・セジンは演劇や執筆をして生活をしているせいで、自由に生きているように見られている。母親のイ・スンイルは「いつまでそんなふうに、一人で暮らすつもりなの」「母さんが死んだら家のこと、誰がやるのさ」「すぐにでも帰ってきて覚えるんだよ、私が死ぬ前に」（同、一六〜一七頁）と、その気楽さを非難する。「家庭の天使」の亡霊はイ・スンイルにも、ハン・ヨンジンにも取り憑いている。また、ファッションもそれぞれ個性がある。「ハン・ヨンジンは明るい色を選び、ハン・セジンは黒、茶色、グレー、暗紫色を選んだ」（同、五七頁）。ハン・セジンには実は病気で入院した同性の恋人ハ・ミヨンがいるが、そのことは必ずしも家族には伝えていない。

このように異なる価値観を持った三人は、それぞれの内面世界に没入していく。人間の移りゆく意識を文章に組み込んだ「意識の流れ」という語りの技法は、ヴァージニア・ウルフやイギリスのモダニズム作家によって用いられたが、ジョンウンもその技法を採用している。多声性《ポリフォニー》が特徴なのだが、まさにこの小説でも、母娘三人の声が交わらないまま最後まで展開している。ジョンウンがウルフから受けた影響は、語りの技法に留まらない。ハン・セジンの恋人、ハ・ミヨンが彼女に言った「汚い溝の水を飲み、そうしてそこで死ぬだろう」という言葉は、「ヴァージニア・ウルフの本で読んだ文章」で、ただし「完全にその通りではない」言葉として記憶していた。彼女は「それを読んでからそのことをしょっちゅう考え」ている（同、一三五頁）。この言葉でハ・ミヨンが思い出したのは――母親が赤ちゃんを放り投げている光景である。実は、それと同じことを母親はハ・ミヨンにもしていた。その驚愕の事実を父親から伝えられた彼女は、母親が「そんなことをする人だった」だけではなく、「それを全部知って」いた父親に育てられたことを知る（同、一三六頁）。

ウルフの『波』の森山恵訳を読み直してみると、確かにそれに近い文章が見つかった。ただし、「汚い溝の水」ではなく「沢の水」となっている。[*20]『波』の別のページに「溝」「にごる水」という表現はあるが、ハ・ミヨンが「汚い溝の水」と誤って記憶していたことも重要だろう。

『波』では、バーナード、ネヴィル、ルイ、スーザン、ジニー、ロウダ、そしてパーシヴァルの七人の、ポリフォニックだが「たち切られ」ない意識の「円環」（『波』、一〇五頁）が反復して語られているが、「沢の水」の文は、ちょうどバーナードが、子どもの頃に、傷付いた様子のスーザンを放っておけず、追いかけて慰める場面で言及される。皮肉にも、ハ・ミヨンの母親による虐待とは対照的な場面である。ルイとジニーがキスしているのを見て衝撃を受けたスーザンは、「垣根のしたで眠って、沢の水を飲んで、そこで死ぬのよ」と言う（同、一三頁）。

ウルフの小説の魅力は「意識の流れ」によって脆弱な人々の内面の声を響かせていることである。「姿見のなかの婦人」ではイザベラの内面の声はほとんど聞かれないが、それはあえて読者に想像させようとするからである。子どもの頃にバーナードは、泣いているスーザンを放っておけず、「ハンカチをまるくぎゅっと握りしめて」駆けていく彼女を追いかけた。「ほら、ぼくたちからだを寄せあってる。ぼくが息するのが聞こえるだろう」（同、一三～一五頁）。バーナードがスーザンに寄り添うのも、彼がみんなとの円環の一部をなしているからだ。ハ・ミヨンが覚えている『波』の文章は、悲しいときに誰かに寄り添ってほしくて聞かせる言葉なのである。ハ・ミヨンにとっては、そういう存在は母親ではなく、ハン・セジンなのだ。ハン・セジンも母のイ・スンイルや姉ハン・ヨンジンに彼女の声は届かないと感じているが、ハ・ミヨンや友人との紐帯が彼女を支えている。大人になるにつれて、子どもの頃の円環は切り離されて別々の身体となり、それは痛みを伴う。『波』では、「円環」が虚無に転じてしまう危機についても触れられている。

ぼくの意識の流れは外へと揺らぎ、外界の無秩序さに、常に引き裂かれ苦しめられる。それで自分の夕食にすら集中できないのだ。（中略）ぼくは流れを、無秩序を、消滅を、絶望を意識する。もしこれがすべてなら、無価値だ。そうだ、けれどぼくはこの食堂のリズムも感じとるのだ。それはワルツのようなリズムで、内へ外へと渦巻き、くるりくるりと回転する。（同、一〇四〜一〇五頁）

オーストラリア出身のルイは「愛情をもって彼らの腕のなかに受け入れられたい」と、この完全な「輪」のなかに入ることを願っても、「結局異邦人、輪の外なのだ」と疎外感を抱いている（同、一〇五頁）。ロウダは、「自分のほんとうの顔を見せつけてくる鏡が大嫌い」で、彼女はよくその鏡の「虚無のなかへ落ちていく」（同、四九頁）ことを恐れている。

『エブエブ』にも、同じような無秩序で消滅の危機を形成する「輪」というモチーフがある。それは「ベーグル」という「輪」として発生している。母エヴリンは、イ・スンイルのように日々の雑事に疲れ切っている。娘のジョイを叱責するばかりで、バーナードのように心配してあとを追いかけることはしない。世界の無秩序やそのなかで人が感じる疎外感に、ジョイは常に引き裂かれ苦しめられる。マルチバースを破壊しようとする、〝エブリシング・ベーグル〟。

ジョイはこのベーグルにすべてをのせて、そのすべてが無価値である、虚無だと嘆く。中心に穴が空いたベーグルの形状は、数字のゼロにも似ている。自分の声を母も他の誰も聴いてくれない、そう感じてしまうジョイは虚無感に苛まれる。やがてその中心に穴の空いたベーグルはマルチバースを呑み込み、世界を破滅へと導く。アルファ・バースの「アルファ・ジョイ」が、母親に追い込まれてジョブ・トゥパキという強大な敵と化すことの意味は、なんであろうか。それはルイやロウダが恐れていた疎外の恐怖とも似ているのではないだろうか。ジョイは、世界から「切り離された」存在として生き、その痛みを抱え込むくらいなら、世界のすべてを消滅させたいという衝動に駆られるのだ。

エヴリンが自分の過去の記憶をたどり、娘を取り戻すためにありとあらゆる敵と「戦う」とき、そこにはバーナードが感じていたような「円環」がふたたび生じていく。なぜならバーナードの「首筋には、ジニーがルイにしたキスの跡がある。両目はスーザンの涙で溢れている」ように(同、三三二頁)、エヴリンの内面世界にも、娘とのかけがえのない時間が流れている。「沢の水を飲んで、そこで死ぬのよ」と言って悲しんだスーザンとからだを寄せあった記憶、鏡が大嫌いだったロウダの孤独に思いを馳せた記憶――そのすべての傷や抱擁がバーナードの意識に刻印されているように、エヴリンのなかにもジョイとの数限りない記憶が蘇ってくる。

『傲慢と善良』では、男女が出会うきっかけとなるマッチングアプリが出てくるが、『エブエブ』では「ベーグル」というポップな食べ物が虚無のるつぼを表している。しかし、このようなガジェット的な、あるいは表層的な装置だけが、『エブエブ』の新しさではないだろう。他者の声を聴こうとして生じるジレンマ、自己と他者のあいだで宙づりになってしまうベータ的価値観こそが、もっとも斬新なのではないだろうか。これはケアの倫理に置き換えることもできるのかもしれない。『もうひとつの声で』という著書でキャロル・ギリガンは、ウルフの「家庭の天使」によって生じる葛藤は「強み」になりうると指摘している。「ウルフが批判している女性に見られる追随と混乱は、彼女が女性の強みとみなしている価値観から派生している。女性の追随は、社会的従属だけにではなく、女性たちの道徳的関心の実体にも根ざしている」というのだ。[*21]

野上弥生子の「父親と三人の娘」にも、姉妹の陰と陽が生き生きと描かれている。それは『年年歳歳』のハン・ヨンジンとハン・セジンの関係や『傲慢と善良』の真実と希実の関係とも親和性がある。そして、私自身と姉の関係とも、驚くほど似ている。母親の期待を一手に引き受ける姉の苦しみを知らない妹の抑圧から解放されたいという欲求は、次女として共感できるのである。その自由への欲求は『高慢と偏見』の次女エリザベスが見事に体現している。『傲慢と善良』では姉妹の関係性は反転されていたが、『年年歳歳』ではやはり次女のハン・セジンがより自己表現のできる芸術の分野での活動に従事している。私はといえば文学の道を突き進むハン・セジンの立場と重ねながら、無意識にハン・ヨンジンのように家族に縛られているような姉の内面世界を否定してきてしまった自分の思慮のなさを顧みる。

「父親と三人の娘」に登場するお信、玉子、元代の三姉妹を比べると、広い世間を見ているとされる次女の玉子も私自身に重なって見える。玉子はイ・スンイルのように権田という人物に引き取られ、その後、結婚してからも、没落した父や姉妹の世話を焼き続ける人物である。年老いていく父親の行く末について姉のお信と話し合い、上海の支店に転勤することになっている夫が留守する間に家族で集まるお膳立てをするのも彼女である。一堂に会して話し合わねばならないのは、誰が「遠い日向の山奥に暮してゐるたゞ一人の」[*22]父親の世話をするかということである。裕福な権田という人物に引き取られた玉子は、まるでオースティンの『マンスフィールド・パーク』の主人公ファニー・プライスのようである。経済的に余裕のない家庭の子どもが養子に出されることはオースティンの時代にも珍しくなかったが、ファニーもバートラム卿の養女になる。引っ込み思案のファニーとは異なり自己主張の強い玉子は、権田に「引き取られて、お嫁入りの世話までして貰つた」(「父親と三人の娘」、二三五頁)こともあり、金持ち贔屓である。玉子は、「随分世話もしてくれる、親切も尽してくれる」権田とその妻が「少し位威張つたつてそりやあれほどの人になれば当り前のこと」(同、二五〇〜二五一頁)と考えている。また、玉子は妹の元代に長崎の尼学校を辞めて、[*23]「権田さんの奥勤めに上つては如何かと」提案したり(同、二五八頁)、元代の服装についても「地味なもの許り着る」(同、二四七頁)とか「陰気なところ」(同、二五一頁)があると指摘する。この場面にさしかかる頃には、私は完全に玉子のお節介なところと自分の介入癖を重ねて読んでいた。もちろん、私は姉に進学のことで口を挟んだことはなかったが、姉が結婚してからも、彼女の仕事のことや子供の教育方針について、ああでもない、こうでもないと、分かったような気になって助言してきた。ここまで書いてきて、ようやく私はアルファ人間であることを認める気になり、もしかするとベータ的な生き方をした姉の人生に必要以上に首を突っ込んできたのかもしれないとこれまで自分が姉のことにいちいち口出しをしてきたことを猛省したのだった。

元代は、「私一人縁の下の力持ちをしてゐるのだ」（同、二五一頁）という玉子のような世間一般の価値基準では必ずしも評価されない芯の強さを持っている。それは、彼女が信仰と教養を糧にしていることとも関係があるかもしれない。だから、元代は、玉子やハン・ヨンジンのように外見の美しさや華やかさに価値を見出さない。それを見て、権田に挨拶をしに連れていく日に、玉子は元代を着飾ることに決める。妹の顔に白粉をつけて、「リボンも半襟の巾ほどある薄緑」を襟もとに結ぶことに成功した玉子はその「元代の美しい姿を、自分のもの、やうに嬉しさうに眺めながら思つた。／「少し気をつけてやればこんなになるものを……。」」（同、二五二〜二五三頁）。この場面を読んで、姉妹とは不思議な関係性だと思った。どちらかがファッションに疎いと、もうひとりがコーディネーター役を買って出る。私もほとんど自分では服を買わない姉のために、彼女の誕生日には決まって二人でデパートに行くことにしている。いつも嬉々として姉の服を選ぶのだが、もしかすると姉は私がそうしたいと思っていることを察知して、いつも自分から提案してくれていたのではないかと思い当たり、姉の優しさに今涙している。文学の想像力に気づかされることがあまりに多い。

『年年歳歳』と「父親と三人の娘」には共通点がもう一つある。ハン・セジンが恋人ハ・ミヨンとの繋がりによって力を得るように、元代もまた同じ志を持つ白井という上級生から影響を受けていた。白井が学校を去って「トラピスト修院に入る」（同、二九〇頁）ことになったとき、彼女は元代に「あなたのやうな方は余り急に世の中を見すぎてはなりません。世の中から見られてはなりません」（同、二九四〜二九五頁）という「形身の言葉」（同、二九六頁）を残している。母親の死後、玉子は事実上の大黒柱となり、その権限で様々なことを決めていたが、今後、元代が白井の言葉を実践していくであろうということを予感させる。家族といえども、互いが互いから切り離されているように感じる姉妹の関係性をリアルに描いた作品である。

さらに、「父親と三人の娘」ではウルフの『波』のように、姉妹たちがまだ円環の一部であった子ども時代が描かれ、「唄をうたつて遊んだ」ことが思い出される。

子供の頃のお信と玉子とは、ずつと年下に生れた幼い元代を繋いだ左右の手の輪に入れて、

中の中の小仏さま、どうして身長《せい》が低《ひ》くいな……

親の日に赤いまゝ食べて、お魚《とゝ》を食べて、それで身長《せい》が低いと云ふ唄をうたつて遊んだ。（同、二四六頁）

「父親と三人の娘」も『年年歳歳』も、そして『傲慢と善良』も、経済的安定のために結婚に追い立てられる娘たちの物語である。このように規範に従う「順子（スンジャ）」たち、あるいは「善良」な女性たちは、こういった物語のなかで逸脱者となることによって、現実に生きる読者の日常をも揺さぶり続ける。

近代小説を日本で発展させた夏目漱石のすぐそばで小説を書き始めた弥生子は、「父親と三人の娘」をはじめ、規範意識を覆すような作品を次々に書いた。弥生子は、エヴリンばりに、生き生きとしたベータ・ヒロインの生き様を見事に描いてみせる。現実世界でも弥生子は――真実のように――アルファ・タイプの男性に惹かれたようだ。豊一郎と結婚する以前に小説家で詩人の中勘助に恋していたが、彼もアルファ男性である。彼は「日本人離れした北欧型の美丈夫といわれた人で、彼の六十代の写真を見ても、彫りの深い秀麗な顔立ちで堂々とした体格の（身長は一八〇センチあったという）美男子」であった。[*24] ただし、のちに弥生子は中のことを「一つの幻影を彼といふ人に拵へてゐただけです」と振り返っている（『人間・野上弥生子』、三九頁）。それは彼女が若かった頃「強い人」と思っていた中が、「神経衰弱」になった様子を顧みて、実はそうではなかったと気づいたからだろう――「この強い人は、ほんとうは弱い人なのだ」[*25]（同、四一頁）。

『高慢と偏見』の翻案小説の『真知子』でも、弱さは重要なテーマとして扱われている。ヒロインの気の強さが他者を傷つけうるという無自覚の暴力への反省がある。真知子が結婚したいとまで考える関が、実は友人の米子を妊娠させていたという驚愕の事実に直面し、その内向的で健気なベータ・ヒロインの弱さを肯定的に捉えている。才能ある、独立心を持った美しい真知子が、正義を掲げる革命運動家の関に惹かれながらも、これから彼の子を出産し、育てていく米子の脆弱な立場を気遣い、身を引くのである。最後に、真知子が「有名な旧家で千万長者の河井家[*26]」の跡取りである河井に対して抱いていた偏見を克服することができるのも、河井の資産ではなく、対話を通して彼の人間性を深く知っていくからである。それはちょうど、『傲慢と善良』の西澤架と坂庭真実が互いに行っていくことでもあるだろう。

『真知子』や「父親と三人の娘」を読んでいると、弥生子のヒロイン像は、美しく、芯のあるタイプが多いように思ってしまうが、必ずしも容姿端麗、才能に溢れる女性ばかりが弥生子の小説の魅力ではない。弥生子自身に容貌コンプレックスがあったからかどうかは分からないが――弥生子は「自分の顔も気にしていて、息子の幼稚園の卒業式で〈自分のあんまり美しくなさすぎるのが少〻不快である。斯んな無邪気な会合ですら美しくないことはひどく気がひける〉」と日記に書き留めている（『評伝　野上彌生子』、四五頁）――『或る女の話』では、男たちに翻弄されて一生を終える女性の哀しい姿を、『鈴蘭』では、男性に縁がなく、家族も持てなかった満たされない孤独な女性の物語を、そして『笛』では、夫の死後、子どもを育てるために身を粉にして働いた女性が、子どもたちに裏切られてしまう様を描いている。そう考えると、多様なヒロインを描いているオースティン作品に弥生子が惹かれていたというのも理解できるような気がする。

4. 西加奈子とリルケ

アルファ志向型社会においては、内向的な人たちのベータ的な価値を言祝ぐことは「おかしい」と感じるかもしれない。しかし、小説や映画にはその価値を反転させる力が内在している。矢野利裕は、「常識の枠内から外れた物・事に遭遇したとき、人は「おかしい」と感じる」と指摘し、「小説を書くことをめぐる力学」について次のように書いている。

ごく単純に言って、物語に描かれる主人公というのは、〝普通〟とは違った側面が見出されるからこそ、主人公たる資格を与えられる。その人のその体験を小説に描いた瞬間に、それは一般的な物・事と差別化され、特別なものとして有徴性を与えられる。だからこそ、小説はわたしたちの目を引く／惹く。物語はわたしたちを取り巻く日常と違うからこそ、面白さを感じさせるのだ。[*27]

作品が「人の目を引きつけて離さない」のは、「読み手であるわたしたちの価値観や規範意識から逸脱するなにかがあるから」である（『今日よりもマシな明日』、一三七頁）。『傲慢と善良』という小説も、社会の支配的な価値観をあえて主人公である架と真実に体現させ、男はアルファでなければならない、女はベータでなければならないという〝普通〟でいることがいかに生きづらいかを描くことで、読者に規範意識からの逸脱、あるいは有徴性の優位性を気づかせている。

これは映画『エブエブ』についても当てはまるだろう。この映画には、矢野が「おかしさ」と形容するような「正常ではない。ヘンである。怪しい」、あるいは「つい笑ってしまう。元気になる」（同、一三八頁）要素が多分に含まれている。『エブエブ』の面白いところは、SF映画でありながら、エヴリンたちに特別なパワーをデフォルトで与えないことである。マルチバース間を「ジャンプ」して行き来するには、何か想像を超える「変なこと」をしなければならない。例えば、エヴリンは靴を右左反対に履いたり、自分を虐め抜く国税庁の職員ディアドラを心から「愛している」と言ったりしなければならないという、ほとんど罰ゲームのような縛りが毎回ある。また、エヴリンが対峙する敵というのが、ジョブ・トゥパキが生み出した、すべてを無に帰する虚無パワーだが、なぜか「ベーグル」が根源である。このありえなさ、「おかしさ」が『エブエブ』の物語の力となっている。

矢野が文学を批評するための中心概念としている「おかしさ」は西加奈子作品を理解するの

にもっとも有効だろう。たとえば、西の『ふくわらい』では、美醜の基準が問い直されている。主人公の鳴木戸定は幼い頃から、福笑いの遊びを飽くことなく愛した女性で、人の顔に対しての「判断基準は、美醜ではない。「面白い」かそうではないか、それだけだった」。[*28]「可愛い」や「かっこいい」といった社会的な規範を「面白い」という基準に変えて、批判的に捉え返しているのだ。「彼らの目、鼻、口、眉毛は、ここにあれば胸がすくだろう、と思う場所、「あるべき場所」にあるように思えた」が、「それが他の人間より優れている証になることは、体感として分からなかった」(『ふくわらい』、三二頁)。定はまさに「正常ではない」主人公であり、その「内気に見え」るが「じっとこちらを見返して」くる彼女に対して同級生は「淡い恐怖を覚え」るのであった(同、三二頁)。「ただただ、定は見ていた」というほど(同、三三頁)、彼女は規範的な美醜というフィルターを通さないで人の顔を見るのである。

矢野は『漁港の肉子ちゃん』を詳細に論じながら、「おかしさ」が象徴的に表れている、肉子ちゃんの運動会の借り物競走の場面を分析している。最初、人々が肉子ちゃんにうすら笑いを向けていたことからも、彼女が差別的な扱いを受けていたことが分かる。[*29]借り物競走のために「スタートラインに並んだ肉子ちゃん」は「参加者の中で、一番太っていた」。肉子ちゃんの娘で語り手のキクりんは「ひとり、団子みたいな肉子ちゃん」をみた人々が笑うのを見て、「恥ずかしかった」と語る。[*30]周囲を気にする、自意識レベルがコントロールするこの「恥」という認識は、抑圧の領域である。矢野の分析で重要なのは、肉子ちゃんの身体性に着目している点である。「「借り物」のお題として「小説」を引」いた後の「必死な顔をして走」っているのを見た「「お爺さん」が司馬遼太郎の「小説」を肉子ちゃんに差し出」す展開を、「差別的な扱いをされていたものが、次の瞬間には、扶助の対象になる」そういう「思いがけない瞬間」であると述べている（『今日よりもマシな明日』、一七〇〜一七二頁）。太った肉体を「恥」と感じるキクりんの美醜の感覚もまた、肉子ちゃんの躍動感あふれる身体性によってオーバーライドされ、いつしか「祈り」に変わっている。「自分のこぶしをぎゅっと握りしめて、何か分からないものに、祈った」（『漁港の肉子ちゃん』、二二六頁）。「周囲を気にしない、理性的でもない、ただただ身体のいとなみとして見出される「夢中」」（『今日よりもマシな明日』、一六九頁）と矢野が言い表すものが周りを巻き込んでいく。

キクりんが「周囲を気にする」のは、肉子ちゃんが「太って」いるからである。父権的社会がいかに太った女性を嫌悪してきたか、という差別は近年では肥満男性の問題としても認識されるようになったが、その**スティグマ化**には長い歴史がある。[*31] 目の前の物や人に対峙することは、外見に基づく差別などを含む自分たちの「価値観や規範意識」が試されることを意味する。幅をきかせている規範意識が私たちの判断を先取りし、あらかじめ価値判断を行ってしまうほど、私たちの「生」が無化されることもある。

あるいは、会社でも、学校でも、家庭でも、安全であることが第一義となり、冒険することと、新しいことに乗り出すことが憚られる。決め事や規則で、日々の経験から歓びや驚きを発見することが難しく感じられるかもしれない。矢野の身体性をめぐる議論は、このような**「生」の経験が剝奪されてしまう近代社会**のアンチ・テーゼとして吟味されうる。また、肉子ちゃんの「必死」さはジョルジョ・アガンベンが導入した「**生誕の経験**」と呼ぶものと並べて考えることができるだろう。[*32] アガンベンは、ルソーの『孤独な散歩者の夢想』から、大きなデンマーク犬が突進してきた一場面を丸々引用している。ルソーが「感覚をつうじてのみ」自分を感じていた「生へ生まれつつあった」その瞬間をアガンベンは、「生誕の経験」として捉えている（『幼児期と歴史』、六九頁）。近代社会において、「残酷にも経験が剝奪されてしまっているという意識」（同、七四頁）は、ボードレールやリルケの詩やプルーストの作品にも表されている。たしかに、一八世紀に『告白』で度胆を抜くような人生経験を吐露するルソーでさえ、大きなデンマーク犬が突進してくるような予測不能の出来事はめったには起こらない。これは真に一回性の経験であったのだろう。近代社会においては、何か新しい「経験」をし、現在の瞬間に没入することは困難になってきているのかもしれない。

リルケは、物には「ダーザイン（Dasein）〔現存在〕の像」と、そのなかに蓄積している「人間的なもの」があると想定しつつ、この矛盾を孕む「二つの世界のあいだで宙吊りになったまま揺れ動く」しかないと考えていた。アガンベンは、そんな「物」たちを詩の中で「郷愁をこめて想い起こす」リルケの人間らしい想像力に、揺るがしがたい「生」を認めている（同前）。想像力によって物や人の記憶や情景を召喚することが、まさに経験が剝奪される近現代人へのリルケなりの治癒《ケア》なのかもしれない。『ドゥイノの悲歌』には、確かに物たちが人間らしさを帯びうることへのリルケの期待が書き連ねられている。「彼ら〔物ら〕は私たちに救いを期待して疑わない、消えゆくものの中でももっともはかない私たちに。／望んでいるのだ、私たちが目に見えぬ心の中で、まったく彼らを変身させることを、／内部へ——おお限りもなく——私たちの内部へと」[*33]。

「生」を慈しむことや、リルケにとっての想像力は、私たちがルッキズムの罠に嵌まらずに偏見や差別を破砕する力を持つだろう。西加奈子の肉子ちゃんの体には、生命力が溢れている。規範から外れるのは彼女の身体だけではない。キクりんはかつての親友の娘なのだが、自分の子として愛情いっぱいに育てているのだ。

5．野上弥生子と市河晴子

野上弥生子は晩年、哲学者田辺元の影響下で、リルケを熟読していた。とりわけ『ドゥイノの悲歌』は田辺自身から贈られ、次の文章は、弥生子が田辺に向けてその感想を書いたものである。

ドゥイーノの悲歌は、このはじめの歌いだし、
　わたしが叫んだとて、天使たちの序列のうちの　誰がそれを聞かう？
が私にはびいんといつも胸にひびきます。人間のこの世の叫びの、これはもっとも悲壮なものではございますまいか。同時にこの一句がすでにこのエレジーのすべてを包括していると申度く存じます。[*34]

ここで印象的なのは、「わたしが叫んだとて、天使たちの序列のうちの　誰がそれを聞かう？」である。詩のなかでリルケは、声——しかも「叫び」——を聞き届けてくれる存在を探している。弥生子に「びいんと」くるのは、彼女自身もまた「叫び」のような声を発しており、自分のように、苦悩する存在の声を探し求めていたからだろう。

弥生子の『欧米の旅』という旅行記はさまざまな場所を訪れ、弥生子自身の想像力で他者の声を召喚するということをしている。たとえば、彼女が一九三八年にイタリアを訪れたとき、[*35]「叫び声」ならぬ「ため息」が聞こえてきそうなヴェネツィアの「太息の橋」で牢獄に入れられた罪人の声に耳を傾けている。ヨーロッパの「厚い石の密房で、殆んどまっ暗ら」な牢獄を見るたび、「建築に木材だけしか使わなかった昔の日本の牢屋の罪人は、同じ罪人でもずっと仕合せであったかと思う」と、罪人たちの絶望を想像している。ラム姉弟による『シェイクスピア物語』（ダイジェスト版）を翻訳した弥生子は、『ヴェニスの商人』の物語について考えな

がら、悪徳商人の術中に嵌まった可哀想な人たちを思い浮かべている。

シェイクスピアの描いたシャイロックは、私たちの現代の感情には一種の憐れみをさえもたせるが、昔のヴェネツィアにはもっと陰険でたちの悪いシャイロックが、市井にも宮殿にも住んで、罪なきものも罪に陥れられたに違いない。可哀そうな彼らの太息と血の涙で、この橋が色を変じなかったのは不思議である。[*36]

ロンドンでは、一七世紀にガイ・ホークスが拷問にかけられたといわれるロンドン塔を訪れ、ノルマン時代の不気味な井戸を見て、そこから連想されるまたしてもシェイクスピアの『マクベス』の「洗っても洗っても血に濡れた」マクベス夫人の手のことも考えている。「よしこの井戸に噴きこぼれるほどの水が湛《たた》えていたとしても、代代の囚人たちの叫喚や、悲涙や、怨恨を、それで黝《くろ》ずんだ石の壁、石の床から浄めることはできないだろう[*37]」と綴る弥生子の内面世界は途轍もなく広くて、深い。

弥生子よりも少し前にヨーロッパを旅した女性がいる。市河晴子は『欧米の隅々』という紀行文集で、異国の地で遭遇した支那人、ロシア人、フランス人、イギリス人、スペイン人、ポルトガル人らの様子を活写しながら、彼らの「生」を言葉で摑みとっている。晴子は渋沢栄一の孫娘であり、法学者穂積陳重と栄一の長女歌子の三女であった。じつは晴子と弥生子は親戚同士である。晴子の娘三枝子は弥生子の息子である燿三と結婚した。弥生子のように旅行記を書いて出版したという共通点もあるが、他にも、大学教員の妻となったこと、子どもを三人産んで、子育てをしながら、書き続けることを諦めなかったことなど、驚くほど境遇が似ている。晴子は、カーン海外旅行財団から選ばれて欧米諸国の実情視察の旅に出ることになった東京帝国大学英文科教授の夫、市河三喜に同行することになった。[*38]

晴子は紀行文で、弥生子も訪ねたロンドン塔を訪問して一味違う印象を綴っている。晴子の文章には弥生子のセンチメンタリズムは微塵もない。「塔自体はなるほど凄くもある」と書いておいて、首切り道具については「甚だ原始的で実用的で面白い。爪一本磨くにも七つ道具入りの美しいケースが必需品ででもある人間というものも、首をチョン切るには、この中ほどの少し凹んだ木の根っ子と、鉞が一提で事足りると思えば痛快だ[*39]」という具合である。このようなユーモアは晴子の旅行記を通じて見られる。とはいえ、晴子の他者への深い共感は、弥生子のそれに劣ることはない。中国を訪れてまだ二、三日しか経っていないのに、晴子は「とっても支那人が好きになってしまって」と書いている。宿で雇っている車夫が彼女に向けた笑顔が「お追従笑いでなく、ただ人が人に会った時、その男の心が満ち足りていれば自然と顔の筋肉のゆるむ、豊かな微笑」であることに、感銘を受けている（『欧米の隅々』、二五〜二六頁）。まさにルソーが「生へ生まれつつあった」というその瞬間を、晴子は記憶を頼りに綴っているのだ。

晴子は、この若者の「生」の経験を剝奪されまいとする生き様にも瞠目させられている。ある寺の前で車から降りてから、晴子が「まだ他へ廻る」と伝えると、「もう帰る」と答えている。その理由が「疲れた」からではなく、「今日はもう九十銭稼いだ。後半日遊ぶには十分な金だから」と言いながら、「金色時計をひっぱり出して嬉しそうに眺め、見せびらかし、悠々と帰って行った」のだ（『欧米の隅々』、二六頁）。資本主義社会にどっぷり浸って生きている人間からすると、仕事が自己目的化する、あるいは自分で自分を道具化する生き方からはなかなか逃れられない。『エブエブ』のエヴリンや『年年歳歳』のイ・スンイルらが朝から晩まで働きづめで、「遊ぶ」ということができなかったのは、たった一つの価値観に閉じ込められていたからではないだろうか。晴子は、日本を脱出し、広い世界で、様々な価値観を持つ人や物と出会い、慈しみながら、その新しい経験を綴っている。このように自由を手にした晴子だが、やはり残してきた子どもが気になるせいか、娘の「三枝子の夏服も目を通しておかねば」（同、一九頁）という具合に、時折気遣っている。

高遠弘美によれば、晴子は自ら命を絶ったのだそうだ。「晴子が愛児を二人も逆縁で亡くしたこと、その悲劇に耐えられず結果として自死を選んだこと」が「解説」に書かれている（同、三七九頁）。晴子の追悼文集『手向の花束』には、弥生子の文章も寄稿されている。[*40]「渋澤さんの幼稚園からの関係で、彼女との友達づきあひがだんだん深まるにつれ、私は時々考へたものである」と弥生子は書いている。

彼女があんなお祖父さんも持たず、あんなお家にも生まれず、あんな都合のよい結婚もしなかつたなら、いつたいどんな婦人になつてゐたであらうと。——私の一部の作家としての興味は、彼女をまるで違つた環境や、窮乏や、不幸に突き落して見たかつた。[*41]

もちろん弥生子は、晴子を本当に不幸に突き落としたかったわけではない。もし不遇な生活を強いられたとしても、晴子は果たして「自由な、大幅飛式の生き方をなしえたであらうか」（『手向の花束』、八七〜八八頁）という問いかけなのだ。大幅に飛ぶ（ジャンプする）人生ができる女性とできない女性がいる。弥生子や晴子は、家庭の天使の亡霊がつきまとう人生ではあったが、それを振り切って、執筆を続けることができた。ただ、二人は実家の経済力や結婚相手の職業に恵まれていたことも事実である。それは、閉じ込められているという苦悩のなかで生きることを意味していたが、夫の経済力のおかげで海外を旅行することもできた。旅行先で晴子の感性は花開いたのだ。そして社会の底辺で生きる人たちの生き様を活写する能力を遺憾なく発揮した。それこそ弥生子が想像することのできた「窮乏や、不幸に突き落」された女性たちの人生は、『エブエブ』のエヴリンのように、その声や叫びを言葉に変えられなくてはならない。

エヴリンに共感する世界中の人々が今、先述した「円環」としての相互依存を想像し始めている。アカデミー賞受賞者のスピーチで印象深かったのは、『エブエブ』で主演女優賞を受賞したミシェル・ヨーの言葉だ。六〇歳でお母さん役を演じ、主役として脚光を浴びた彼女は、「女性のみなさん、人生の盛りを過ぎたなんて誰にも言わせないでください。あきらめないで」[*42]とベータ・ヒロインの価値を承認している。今回、触れることができた文学作品はほんの一部だが、ベータ・ヒロインたちが翔ぶ（ジャンプする）物語は、これからも世界を変えていく原動力になるだろう。そして、がむしゃらにアルファ人間になろうとしてきた私自身が学ぶべきことはまだまだ多い。『ケアの倫理とエンパワメント』と『ケアする惑星』を書こうとした背景には、子どもの生命を育み、食べさせ、服を着させ、配慮し、困ったときはいつも助けてくれた母や姉の存在がある。『エブエブ』を見ながら、母のことを考えないではいられないのは、エヴリンがマルチバースに「**翔ぶ女**」になるからだ。エヴリンは、ありえたかもしれないアルファ・タイプの自分と出会い、折り合いをつけていく。母のありえたかもしれない姿を想像することは、母のような女性たちにとってもきっとエンパワリングだが、長い年月、ケアを顧みなかった私のような人間にとっても同様にエンパワリングなのだと思う。

3章　魔女たちのエンパワメント——『テンペスト』から『水星の魔女』まで

1. 『水星の魔女』と〈バックラッシュ〉

『キャリバンと魔女 資本主義に抗する女性の身体』(*Caliban and the Witch: Women, the Body and Primitive Accumulation*, 2004) の著者シルヴィア・フェデリーチは、シェイクスピアの『テンペスト』(*The Tempest*, 1611) が魔術を使う物語であるにもかかわらず、魔女の存在が「後景に退けられてい」ることに注目している。[*1] この物語では、魔女の「声」が奪われているのだ。かつてミラノ大公であった魔術師プロスペローは、彼を失脚させ、追放した実弟のアントーニオとナポリ王アロンゾーに超自然的な力で仕返しをするが、その過程で魔女や妖精は周縁化されてしまっている。

魔女シコラクスの息子キャリバンは、プロスペローの娘ミランダに「おぞましい奴隷」「野蛮」「あさましい獣」[*2]と貶められ、魔女の召使いであった妖精エアリエルまでもが、プロスペローの復讐という目的を果たすため、終始こき使われている。魔女のシコラクスは「汚らわしい」あるいは「寄る年波と悪意のせいで/輪のように腰の曲がったあの鬼婆」と言及されるのみで(『テンペスト』、三三頁)、いわば「魔女」のステレオタイプを再強化しているにすぎない。

魔女を論じたモナ・ショレの『魔女　女性たちの不屈の力』も世界中で広く読まれている。この本は現代女性をエンパワーする、女性蔑視を乗り越える力に満ちているが、そのなかでも現代に生きる女性たちが深く共感するであろう言葉がある。

民間治療師や魔女などの大胆で行動的な女性一人ひとりの背後に隠れ、存在感を増すようにみえた悪魔とはいったい何ものなのか？　女性たちはそのために滅ぼすべき脅威とみなされたが、**その悪魔とは「自立」ではないのか？**[*3]（強調引用者）

家父長制社会が「悪魔」とみなしたもの、それはショレに言わせると、女性の自立を目指す思想、すなわち彼女らが自由を求める生き方だった。そして、そのような生き方をする女性たちが、**魔女**として抑圧され、排除されてきたのだ。

私が初めて『テンペスト』を読んだとき、都落ちしたプロスペローの物語に共感したものの、どこか腑に落ちない感覚があった。なぜ男性の魔法使いの地位は回復され、女性の魔女は排除されたままなのか。しかし、フェデリーチやショレの言葉に触れ、なるほどそういうことだったのかと、自分のなかにも「魔女」願望があったことをようやく理解した。

私は幼い頃から、女は家庭に縛りつけられるものという固定観念に反発してきた。女が、ましてや少女が一人で海外に行くなど考えられないという風潮のなか、当時一一歳だった私は、突発的にペンパルのいるアメリカのケンタッキー州に一人で訪ねていくという無謀な計画を立て、父を味方につけ、実行した。母は泣いて私に懇願した。「きみちゃん、行かんといて。女の子一人では無理やから」。今考えると命がけの計画だったが、自分の魂が健やかに成長するためには、どうしてもいかなければならなかった。私がアニメ『機動戦士ガンダム　水星の魔女』を観始め、その画期的な物語に強く共感したのも、冒険心に満ちた娘の成長物語の求心力にあるだろう。女子高校生ヒロイン、スレッタ・マーキュリーが男性中心的な世界でモビルスーツに乗って飛び回る姿は爽快だ。

『水星の魔女』は、宇宙産業の発展から宇宙居住者（スペーシアン）と地球居住者（アーシアン）の間に経済格差・分断が広がり、衝突が生じている世界が舞台だ。かつてスレッタの母エルノラ・サマヤは夫や仲間たちと共に研究員としてGUNDと呼ばれる医療技術の開発に携わっていた。しかしヴァナディース機関のこの技術が別の会社に買収されモビルスーツへと軍事転用されると、「搭乗者の身体への影響と生命倫理の問題」が論争に発展し、それが魔女の「呪い」として恐れられ、最終的に破壊、押収されてしまう。前日譚の「魔女と花嫁」では、二一年前のこの〝魔女狩り〟の顚末、すなわちエルノラたちがベネリットグループ総裁のデリング・レンブランたちに襲撃され、エルノラの夫ナディム、仲間たちの命が奪われた出来事が語られる。エルノラは生き残って水星に逃れ、『テンペスト』の主人公プロスペローを想起させる「プロスペラ」に改名し、そして一七歳に成長した娘スレッタをアスティカシア高等専門学園へ編入させるとき、彼女の復讐劇の幕が切って落とされる[*4]。まさに『テンペスト』に描かれるプロスペローの復讐劇が語り直されているのだ。

この物語がなぜ画期的といえるのか。それは、従来の魔女アニメなどには見られなかった欧米的な魔女要素がちりばめられているからである。『花の子ルンルン』や『魔女っ子メグちゃん』などのポップカルチャーによって、欧米の「魔女（witch）」観は部分的に〝翻案〟されてきたといえるが[*5]、現代魔女の円香、現代魔女術実践家の谷崎榴美によれば、日本の魔女文化は「愛らしい魔女っ子や妖艶な美魔女」として継承され、「蠱惑的側面に偏ってしま」った[*6]。欧米の魔女はむしろ、日本文化における〈山姥〉に近いのだという[*7]。山姥は「老女」と形容されるなど醜怪なイメージと結びつくが[*8]、欧米の魔女は、美醜の二面性を持ち、必ずしも「愛らしい」「蠱惑的」というわけではない。

『水星の魔女』の登場人物のなかでもっとも魔女的な存在のプロスペラは――そして「呪い」のモビルスーツのパイロットに成長するスレッタも――善悪の二面性を有する魔女であり、かつ〈山姥〉であり、その点で〝魔女っ子〟アニメとは一線を画している。高島葉子の分析によれば、魔女には陰と陽両方の側面がある。具体的には、グリム童話の「ヘンゼルとグレーテル」の魔女が「人喰い」（＝陰）である[*9]。一方、「ホレおばさん」の魔女は、働き者の娘には黄金の褒美を、怠け者の娘には一生取れないコールタールの罰を与える「贈与者」としての、「陽」の役割を担っている（「民間説話・伝承における山姥、妖精、魔女」、一二三頁）。〈山姥〉に相当するのはドイツでは「ホレ」(Holle)、フランスでは「フェ」(Fée)や聖母マリアである(同、一一五頁)。シェイクスピアの『マクベス』の冒頭場面に登場する三人の魔女もこういっている。「いいはひどい、ひどいはいい。/飛んで行こう、よどんだ空気と霧の中」[*10]。

魔女の歴史については、主に一九八〇年代にエコフェミニストとして理論を展開したキャロリン・マーチャントや、現代魔女でエコロジストのスターホークの論が参考になるだろう。マーチャントは『自然の死　科学革命と女・エコロジー』(*The Death of Nature: Women, Ecology and the Scientific Revolution*, 1980)において、豊饒の自然が女性性に結びつけられてきた科学史(と同時に魔女が迫害された歴史)を掘り起こしているが、たとえばルネサンス時代には「女は男より自然に近く、社会的には同じ階級の男よりも地位が低く、はるかに強い性欲にとらえられやすい」と考えられていた。マーチャントは魔女狩りの背景に、この「自然の御しがたさ」と結びつけられた「女の暗い面」に対する社会の警戒があったことを指摘している[*11]。スターホークによれば、魔女の歴史は三万五〇〇〇年前まで遡ることができる。魔女術、あるいはウィッチクラフト(witchcraft)は大自然から学び、「太陽、月、星の動き、鳥の飛翔、ゆったりとした樹々の成長、季節の移り変わり」などから「インスピレーションを読み取るの」だという[*12]。

魔女の活動においては、精神だけでなく、とりわけ儀式での「ダンス」のような身体的活動が重要な意味を持つ。シャーマンや女祭司たちは「全ての生命に息づく拍動を、生きとし生けるものに去来する「二重螺旋のダンス」を感じることができ」、それを「言葉を越えた豊かなイメージ」、すなわち「女神——生命を与えるもの」として表現した（『聖魔女術』、三六頁）。スターホークが例にあげている祈禱文にも、セレナやデメテルといった女神の名が多数含まれている[*13]（同、一八八頁）。そのような古代信仰の集団がのちに「魔女団《カヴン》」へと発展し、このカヴンのなかで「数学、天文学、文学、医学、心理学」といった学問が「宇宙の深奥に迫る知識と共に発達した」（同、三八頁）。

第1章でも論じたように、歴史を遡ると、女性が男性と同じ地位を獲得しそうになるとバックラッシュが起きている[*14]。一五世紀頃には他者をケアするこうした医術の知識、とりわけ助産婦の知識を有する女性たちに対してバックラッシュが起きた。この頃「魔術」をテーマにした絵画や図版が大量に出回り、そこには「たくましい女によってひきおこされるとされた混乱の模様があらわされている」が（『自然の死』、二五八頁）、これも一つのバックラッシュの表明である。一四八六年には、ドミニコ会の修道士クラーメルとシュプランガーによる「女性解放運動《フェミニズム》に反対する」、すなわちフェミニズムへの反動主義の極みともいえる『魔女の鉄槌』（*Malleus Maleficarum*）が出版された[*15]（『聖魔女術』、四〇頁：『自然の死』、二五八頁）。社会の性規範におさまりきらない女性を「魔女」として排除するこういった動きは、少しずつ増えつつあった男性医師たちにとって「商売敵である助産婦や薬草処方師を叩き潰す良い機会」でもあった（『聖魔女術』、四一頁）。

『水星の魔女』の前日譚「魔女と花嫁」に描かれるデリング・レンブランたちによる襲撃は、エルノラたちの人知を超える革新的な医療技術やガンダムのモビルスーツ開発を叩き潰そうとするバックラッシュ、すなわち魔女狩り以外のなにものでもない。デリングが襲撃の際に「我々モビルスーツ開発評議会は決断するべきです。人類の安寧のために。**魔女への鉄槌を**」と呼びかけていることからも明らかだ。これはまさに「不可思議な力について知識を有するカヴンに属する人々」、たとえば「治療師、教師、詩人、助産婦」（同、三九頁）が迫害されるようになった魔女狩りの歴史を彷彿とさせる。

欧米文化が醸成してきた魔女というのは、「権力に抗い古き道の復権を志すモダンペイガニズム一派として」の魔女であり（「現代魔女の基礎知識２０２２」、二四三頁）、日本の文化において近接性があるのはむしろ山姥のような存在で、〝魔女っ子〟ではない。この章では、森や山に住う魔女や山姥をめぐる文学を紐解くことで、アニメ『水星の魔女』に描かれる、新しい魔女像を解剖してみたい。カレン・ラッセル「沼ガール／ラブストーリー」、トマス・H・クック『緋色の記憶』（*The Chatham School Affair*, 1996）、ジョルジュ・サンド『愛の妖精』（*La petite Fadette*, 1849）、野上弥生子「山姥」『森』、マーガレット・アトウッド『青ひげの卵』（*Bluebeard's Egg*, 1983）、『ワンダヴィジョン』、多和田葉子『白鶴亮翅』、リチャード・パワーズ『エコー・メイカー』を中心に取り上げながら、これらの作品から響いてくる魔女たちの多層的な声を検討したい。

2.〈人間中心主義〉から〈生命中心主義〉へ

「精神」が「肉体」を、あるいは「文化」が「自然」を支配する二項対立の考え方は、古代の思想体系にも認められるほど長い歴史を持つ。プラトン主義以降、自然と物質は「受動性」や「女性的なもの」、反対に「イデア」は「男性的なもの」として象徴されてきた。近代において進化を遂げてきた科学、あるいは〝征服する科学〟は「豊かな母なる大地の開墾は、新しい〈処女〉地の破壊と開発」と喩えられているが（『自然の死』、五二頁）、これは、一六世紀のイギリスの哲学者フランシス・ベーコンが採用した男性原理を正当化する科学のレトリックに見出される。マーチャントは次のように解説する。

ある人びとは、神の罰を恐れ、中世のいましめに従い、神の秘密をあまり深く探ることをひかえたが、ベーコンはこの抑制を是認に変えてしまった。「自然にかんする知識という鉱山を深く深く掘り進むことによって」のみ、人類は、失った支配をとりもどせるのであった。こうすることによって「人間の宇宙支配のせまい範囲」は、「約束された境界のはて」にまで拡大されうるのであった。（同、三一九頁）

このような男性原理に基づく科学言説は、『水星の魔女』でも「鉱物」の発掘という形で取り込まれている。[*16] 発掘される／征服される自然という受動性を押し付けられ、黙っていなかった女性たちが反撃に出たため、魔女と呼ばれ迫害されたのだ。すなわち、魔女とは「自然の御しがたさ」を体現する存在ではあるが、その実自然と共生する「文化」を体現している。

彼女たちは男性科学者たちのように自然を征服するためではなく、自然の一部である人間の身体を補完するため医科学を活用する。他者を征服するのではなく、対話を通じて変えていこうとするケアの思想が通底している。ここから先はネタバレになるが、プロスペラ（＝エルノラ）がかつて所属していたヴァナディース機関の代表カルドは、命を奪うための技術ではなく、あくまで「身体の脆弱性を補う」ための技術を開発しようとしていた。

宇宙に生命圏を拡大しておよそ一世紀。私たちは宇宙環境との戦いを強いられてきました。無重力、真空、大気組成、宇宙放射線、ワクチンやインプラント・アプリは高額で、障害そのものを抑制することは難しい。だからこそ私たちの提唱するＧＵＮＤ医療は身体の脆弱性を補う——希望の技術となりうるのです。ＧＵＮＤには生命圏の拡大だけでなく地球と宇宙、双方の分断と格差を融和する可能性をも秘められています。どうか私たちの願いに人類の未来に共に手を携える光があらんことを。

『水星の魔女』には、武力によってではなく、互いにケアしあうことで男性中心的な支配に抗するというテーマがある。これまでのガンダムシリーズとは異なり、正義のために殺し合う「戦争」ではなく問題解決のための「決闘」が大前提となっていることや、命が奪われることの重みについて話し合われていることからも、他者を配慮する**ケアの倫理**が自己の正義を追求する**正義の倫理**の対抗原理として立ち現れている。

このアニメが示唆しているのは、魔女狩りの背景に横たわるジェンダーバイアスであり、そこには、女性はあくまで受動的な存在であり、科学の知識や精神性は男性にしか認めないといった先入観がある。性規範を逸脱する女性科学者たち――カルドやエルノラ（プロスペラ）――そして治癒者たちが抑制されることへの異議申し立てがおこなわれているのだ。

プロスペラは、水星でGUND技術を駆使してモビルスーツを開発していたが、それはシェイクスピアの『テンペスト』に登場する空気の妖精（エアリエル）とよく似た、「エアリアル」という名前で呼ばれる。魔女シコラクスの召使いだったエアリエルが「重大な命令をいちいち拒んだため」、ついに魔女は「松の幹を裂いて」エアリエルを閉じ込める。そして「その裂け目に／挟まれたままもだえ苦しむこと／十二年」（『テンペスト』、三四頁）。魔女が死んだ後、取り残されたエアリエルはプロスペローに救われ、彼の使い魔となる。

『水星の魔女』でいうと、娘エリクトの命が途絶えようとしていたとき、改造したガンダム・

エアリアルに彼女の生体コードを転移させることで〝魂〟を移植したのは母プロスペラであった。身体という実体を持たないエリクトは「データストーム」（超密度情報体系を発現できるネットワークシステム）の「裂け目」に閉じ込められ、「エアリアル」と呼ばれるモビルスーツの中に宿っており、ここにも身体と魂、物質と霊性が混在する状況がある。[*17]

マーチャントも「精霊や悪霊との個人的な結びつきが、直接復讐や支配の可能性を意味するところに、抑圧された女たちのあいだで魔術に人気が集まった理由がある」（『自然の死』、二六五〜二六六頁）可能性を示唆しているが、『水星の魔女』はまさにデリングをはじめとする男性中心主義的な組織に抵抗するために、女性たちが「精霊」の力を借りる物語でもあるのだ。また、鏡リュウジが注目するように、「魔女であることは、広い意味では常に政治的な意味をもつ」。[*18]このようなエコフェミニズムによって読者が意識させられるのは、男性中心主義、男性神一神論に起因する現代社会の「病理、ないし疎外」である（『聖魔女術』、四三〇頁）。物体／物質と神性／霊性が二極化することがない、生命を貫く**アニミズム的な視点**は父系社会的な「神」とは全く異なる神聖であるといえよう[*19]（同、二〇〇頁）。

ディペシュ・チャクラバルティは『人新世の人間の条件』という革新的な著書で、ジェームズ・ラブロックの**生命中心的**世界観に寄り添いながら、人間が地球から外に出る可能性に想像力をはたらかせている。[*20]チャクラバルティによれば、ラブロックが「マイケル・アラビーとタッグを組んで『火星の緑化』という小説を書いた」とき、アラビーは「惑星を対象に［どこかを居住可能にするための」行為」として「大地の形成《テラフォーミング》」という展望を抱いたが、ラブロックにとってはその言葉は「人間中心的な響きをもち、ブルドーザーやアグリビジネスを彷彿とさせ」たのだという。ラブロックは、ブルドーザー的な「大地の形成」ではなく、より環境中心的な「居場所を作る」という表現を好んだ（『人新世の人間の条件』、四四頁）。人間が生態系を支配するという傲慢《ヒュブリス》さを抑制し、宇宙の営みを考えると、ベーコン的な「人間中心的」世界観は消失し、生命中心的世界観が立ち現れる。

3.『テンペスト』と『水星の魔女』の魔女たち

『テンペスト』のプロスペローは追放された後、孤島に流れつき、娘のミランダと暮らしながら魔術を習得して復讐する機会をうかがっていた。『水星の魔女』のプロスペラも娘のスレッタと共に水星といういわば「孤島」に逃れて生きのび、そこでＧＵＮＤ技術の開発を続けている。次のように、二作品の類似点に注目する記事もある。

対比してみると、どちらも復讐に娘が絡んでいることがわかる。『テンペスト』で復讐を企てるプロスペローは、アントーニオたちが船で孤島の近くを通るときを見計らい妖精に嵐を起こさせ孤島に漂着させた。船にはアロンゾーの息子ファーディナンドも乗船していたが、アロンゾーやアントーニオたちとは別の場所へ漂着させる。そして自身の娘ミランダと出会わせることで、2人は恋に落ち結婚することとなる。[*21]

たしかに『水星の魔女』でも、娘のスレッタをアスティカシア高等専門学園に編入させることで、プロスペラの復讐劇が始まっている。プロスペラがモビルスーツと共にスレッタを送り込んだこの学校は、戦争シェアリングによって私腹をこやしてきた、憎き仇でもあるデリング・レンブランの会社が運営しているのだ。

学校のない水星で生まれ育ったスレッタは、アスティカシア高等専門学園に期待を抱くが、この高校のルールはデリングの政治的な力によって決められていて、都合よく書き換えられる。その代表的なものとしては、モビルスーツ同士の決闘で勝利した者は「ホルダー」と呼ばれ、デリングの娘ミオリネの結婚相手となるというものだ。それまで百戦錬磨であったジェターク社の御曹司、グエル・ジェタークがホルダーであったことから、彼がミオリネの婚約者ということになっていた。このような家父長制的な取り決めに嫌悪感を覚えたミオリネは、**トロフィーワイフ**になることを拒んで地球に移住する計画を立てていた。トロフィーワイフとは、社会的地位を得た男性が、その成功を誇示するために、若くて魅力的な女性を妻にすることをいう。ところが、たまたま編入してきたスレッタがグエルとの決闘で勝利し、あろうことかホルダーの地位を獲得する。この状況に、ミオリネの父デリングが黙っているはずがない。女性であるスレッタがホルダーになることを阻むのである。

ボディガード「お父様からご伝言です。学校は退学させる。花婿もこちらで用意する。以上です」

ミオリネ「決闘で結婚相手を選ぶってあんたが決めたくせに……。決闘で勝ったのはスレッタよ。クソおやじが用意した男なんかと絶対結婚しないから」

人間の成長を促すはずの教育機関において、デリングは娘を自分の企業を成長させるために利用している。人間中心主義を超えて、企業中心主義であるともいえる。

デリング「説明も相談も必要ない。私が決める。お前は従う。娘だからと言って私と対等にものが言えると思ったか」

ミオリネ「何それ？　あんた王様？」

デリング「そうだ。私には力がある。お前にはない。力のない者は黙って従うのがこの世界のルールだ」

ここで彼がホルダーのルールを結果的に改竄したその行為もバックラッシュと捉えることができる。ここにはLGBTQに対するバックラッシュという意味も込められているだろう。生命中心主義を唱えるチャクラバルティは、真に「惑星的《プラネタリー》」な問題を扱うためには、「人間の獰猛《どうもう》さ」に目配りをする必要があると考えている（同、七六頁）。そう考えると『水星の魔女』は、利己的なアロンゾーやアントーニオたちが罰を受ける『テンペスト』の物語を継承している。また魔女の息子キャリバンを彷彿とさせる「キャリバーン」という名前のモビルスーツが終盤で重要な役割を果たしていることからも、ひとつひとつの展開がまるで『テンペスト』の物語をなぞるかのように組み立てられている。

しかし、二〇二三年七月二日にこのアニメの最終回を見終えて、私が実感したのは、二つの物語のどこが似ているかではなく、どこが改変されているかが重要だということだ。プロスペラは、そもそもスレッタの父親ではなく母親であり、医術を発展させようとしたカルドと共に魔女的な存在だ。すなわち、少なくとも物語の始まりでは彼女は科学知識がある「征服者」ではなく、「贈与者」である。フェデリーチによれば、迫害されてきた魔女たちは女性の共同体において、ハーブや薬草による治療、出産とそれを補助する役割のみならず、避妊や中絶を含む生殖の管理など、様々なケア実践を担っていた。家父長制的な社会は「魔女狩り」を通して、彼女たちからその知の営為や女性間の繋がりを剝奪してきたのだ。

『水星の魔女』においてプロスペラが迫害され、追放されるという経験は、『テンペスト』においてプロスペラーが王位継承権を失う経験とは性質が異なっている。『水星の魔女』では、『テンペスト』が後景化した〝魔女狩り〟と、それに対する抵抗が物語の中心に据えられているのだ。魔女は悪であるというステレオタイプ的な判断を一旦留保して、資本主義社会において奪われてきた女性の声を聞き届けている。

『テンペスト』のキャリバンやエアリエルは、フェデリーチがいうところの「女性の身体、労働、性的能力や再生産能力を国家の管理下に置き、それらを経済的資源に変容させる新たな家父長主義体制」(『キャリバンと魔女』、二七一頁)によって自由を奪われてしまった存在である。『水星の魔女』はその解釈を推し進め、怪物や妖精ではなく、現実の女性や少女たちにその「身体」を取り戻させ、自ら語らせている。このことと、スレッタやミオリネが社会的弱者(アーシアン)に「共感」するアライとして表象されていることとは繋がっている。スレッタは授業の課題や決闘という挑戦を積み上げていくことで、特権を持つスペーシアンだけでなく、日常的に差別を受けているアーシアンの生徒たちとも水平的な関係を構築していく。[*22]

4．沼ガールたち――〈家庭の天使〉から〈魔女〉へ

『水星の魔女』が従来の〝魔女っ子〟アニメから受け継いだものがあるとするなら、それはエ

コロジーとフェミニズムが交差したところにある政治性であろう。たとえば『花の子ルンルン』には、人間がいかに動植物と共存していくかという問いかけがある。環境破壊をするようになった「傲慢な」人間に見切りをつけた花の精たちは、地球を離れてフラワーヌ星に移住していた。ある日ヒロイン「花の子」ルンルンは、フラワーヌ星からやって来た使者に、自分が花の精の末裔であることを告げられる。地球の環境破壊が続くようであれば、つまり人間や動植物が生きられない環境になってしまうならば、移住先としての宇宙を考え始めなければならない、という問題提起が含まれている。[*23]

『花の子ルンルン』の放映が始まった一九七九年前後は、ちょうど日本で大気汚染をはじめとする環境問題が深刻化するタイミングと重なる。一九七一年には環境庁が発足し、民間企業も公害対策に乗り出した。一九八〇年には、日本は水鳥の生息地である湿地に関する**ラムサール条約**に加入している。

湿地といえば、二〇二二年に邦訳されたカレン・ラッセル「沼ガール／ラブストーリー」も魔女の物語だが、「花の子」ならぬ「沼の子」がヒロインである。原書タイトルは高層湿原を意味する「ボグ・ガール」(Bog Girl)。保存状態のよい少女の遺体を掘り当てた一五歳の少年キリアン・エドウィスは、その少女に「たちまち恋に落ち」る。[*24]「沼ガール」には、死と生を超越した(だけれども一方向的な)ラブストーリーが描かれているが、なぜキリアンと少女の遭遇の場所が「沼地」でなければならなかったのだろうか。遺体の保存場所として沼地が適していたということもあるが、もうひとつの理由として、湿地や沼は西洋文化において長らく「遠い世界への入り口」として表象されてきたことが挙げられるだろう。「神々は沼々を行き交い、紫色のヘザーの荒野の上に浮かんだ神々は、星のかたちをしたアスフォデルの花冠を戴いた」(「沼ガール／ラブストーリー」、一九一頁)。

先述した『マクベス』の魔女たちの「いいはひどい、ひどいはいい。／飛んで行こう、よどんだ空気と霧の中」という引用をエコロジカルな観点から考えると、「霧」は湿地の特質でもある。魔女たちが「落ち合う」場所も、「あの荒野」(Upon the heath)であるが(『マクベス』、九頁)、「荒野／ヒース」とは湿原なのである。ここにおいて、魔女と湿地が結びつく。湿地にはじめじめとした不気味なイメージがあるかもしれないが、多様な生物を守る環境でもある。[*25] ヒース地帯は高層湿原、あるいはこの短編の「ボグ」(Bog)とも呼ばれている。ラムサール条約で守られるのは特に「水鳥の生息地」として重要な役割を果たす湿地、それから「動植物のライフサイクル」を支え、または「悪条件の期間中に動植物の避難場所となる湿地」、他にも「定期的に2万羽以上の水鳥を支えている湿地」などが該当する。

ラッセルの「沼ガール」の面白さは、その日常的な現実と魔女的な神話が融合している点にある。少女の遺体＝沼ガールに夢中になっているキリアンは、いつも彼女と一緒にいるようになる。母親のギリアンはシングルマザーとしてキリアンを育ててきたが、さすがに息子のこの常軌を逸した行動を「間違った愛情だ」と心配している。家に連れて帰ってきた沼ガールは

「壁に向かって穏やかに微笑んで」いるだけで、最初の二週間は「ソファーで眠り、テレビの光が彼女の体の上で優しく明滅し」ていた。キリアンが沼ガールと一緒に外出するようになるとき、母親のギリアンは、ショックを受ける。「引っ込み思案な少年と、この強情で恥知らずな人間が同じ人間だと思えなかった」からだ[*26]（「沼ガール／ラブストーリー」、一九三～一九六頁）。しかし、沼ガールを学校にまで連れていくようになったキリアンは、かつて寡黙だった頃とは違い、同級生たちと言葉を交わせるようになる。そして不思議なことに、学校の友人たちはキリアンと少女の関係を承認していくのだ。キリアンは無口な死体である沼ガールとの甘い生活を夢見て「奇妙な喜びを覚えた」（同、二〇二～二〇四頁）。常に微笑みを浮かべている彼女を見て、キリアンは沼ガールが彼にとっての思い通りの女性であることを疑わない。まさに「家庭の天使」たる理想的な女性のファンタジーといっていいだろう。

しかし、沼ガールがついに「体を起こし」、彼に話しかけるときがきた。マーチャントが指摘した、欧米文化における「イデアは男性的なもの」というステレオタイプに懐疑を突きつける、決定的な場面である。理想的で、微笑んでいるだけの、まるで天使のような沼ガールの正体は、未知の言葉を話す魔女だった。ここで初めて、それまで沈黙を守っていた沼ガールをキリアンが恣意的に「解読」してきていたことが明らかになる。「彼は自分を見下ろしている彼女の顔を見上げ、目をパチクリした。二人の目が合うと、彼女の凍っていた微笑みが広がった」「純粋に恐ろしいことが起こってしまった。つまり、彼女も彼を愛しはじめたのだ」（同、二〇五頁）。

キリアンが恐れ慄くこの場面には、近代社会における〝魔女〟のイメージが凝縮されている。受動的なベータ・タイプの存在と思われていた沼ガールは、実は能動性を孕み、主体性を持つアルファ・タイプであった。そして、「宇宙飛行士のように、灰色のカーペットの上を跳ねながら彼に迫ってきた」沼ガールには、「予想外の浮遊感」があり、「彼女の本当の声は、彼が想像していた彼女の声とまったく違っ」ていた。そして「彼女が話す言葉は、地球上のどこでもとっくに使われなくなった言語だった」（同、二〇五〜二〇六頁）。

沼ガールの内側で起こった精神の地震のようなものは、緑色で、彼や、生きている誰にとっても未知の世界、つまり彼女の故国を出現させた。（同、二〇六頁）

まさに究極の他者の出現である。ここで言及される「緑色」は、おそらく自然の豊饒を象徴するのだろう。キリアンに主体性のある女性を受け入れる準備はできておらず、母親のギリアンに助けを求めるしかない。そんなキリアンに「優しくしてあげて！」と呼びかける母親は沼ガールが「異国の言葉でうめいて」いる間、二人が別れるまで、「終わり」が「根付」くまで、見守っていた（同、二〇七頁）。訳者である松田青子の「解題」によれば、「彼女が声を発し、自らの感情を表に出した瞬間、彼が見せる拒否反応と恐怖は、これまで〝魔女〟とされてきた女性たちの存在と、彼女たちを恐れ、危険視した人々の存在」を「鮮明に暴き出し」ている（同、二〇九頁）。

『水星の魔女』においても、不気味とも神秘的とも言える未知の言語がテーマ化されている。第二一話「今、できることを」でプロスペラは、人間の身体を失ってしまったものの、ガンダムのモビルスーツの「データストーム」のなかで奇跡的に生き続けている娘、エリクトとコミュニケーションができる方法を見出そうとしていた。クワイエット・ゼロというプロジェクトでは、既存のネットワークとは違う「データストーム」を運用可能にすることで、人間の言葉を失った娘の〝魂〟の言葉を、あるいは解釈によっては、「主体性」を与えようとしていたことがのちに分かる。[*27]

さらに、もうひとつの沼ガール文学の傑作といえるのが、トマス・H・クックによる『緋色の記憶』である。ある夏の午後に、チャタム村へとやってきた緋色のブラウスの女性教師ミス・チャニングは、保守的な人々にとって受け入れがたい魔女的な主体性を備えている。彼女は美術の教師として、当時一五歳であった語り手ヘンリーの父が校長を務める学校に転任してきたが、そこで出会った既婚の同僚レランド・リードと愛し合う。彼の妻アビゲイル・リードが黒池で亡くなった〝チャタム校事件〟が起きたとき、村全体がミス・チャニングに疑いの目を向ける。

母さんの行き先
黒池の底
悪魔のおんなが
溺れさせた[*28]

女性には許されていない主体性や性的欲望が、まさに「緋色」という言葉で表されている。訳者の鴻巣友季子がいうように、

緋色は、シンボリックにとれば、まさに『嵐が丘』のヒースクリフとキャサリンが交わしたような情熱の色であり、ナサニエル・ホーソーンの『緋文字』で知られる〝アダルタリー〟すなわち姦通の色、そしてもちろん血、あるいは死を暗示する色でもある。[*29]

興味深いことに、ヒースクリフとキャサリンが愛を育んでいたのは、イギリスの荒涼とした「ヒース」、すなわち『マクベス』の魔女たちが集った霧の立ち込める場所だ。『緋文字』のヒロイン、ヘスター・プリンは、夫のいる身でありながら、村の牧師と愛し合い、娘をもうけた。姦通の罰として「姦婦」(adulteress)を示す赤いAの字を服につけさせられる。そのとき、読者は社会が彼女を〝魔女〟として迫害している事実を目の当たりにする。ホーソーンは『緋

文字』の序文に、自分の初代の先祖が「迫害者」「教会の指導者」であり、その息子であるジョン・ホーソーンもセイラム魔女裁判判事として歴史に名を残していることを記している。「先祖の歴史によって受け継がれている「呪い」'curse'が消え去ることを切に祈る」ホーソーンの想いが読み取れる。*30

『緋色の記憶』は、加害者側の解けない「呪い」の苦しみをも受け継いでいると言えるだろう。語り手は、一五歳のときに起きた〝チャタム校事件〟のことを思い出していくうちに、驚くべき真相にたどり着くが、そこには次のような歌が聞こえてくる。

暗い緑の水の底
悪いことも人殺しも
チャニング先生
ひとりでつぐなった（『緋色の記憶』、四七〇頁）

口をつぐんでしまったミス・チャニングはいったい誰のために「ひとりでつぐなった」のか。小説の最後で明らかになるのだが、実はミス・チャニングは殺人事件には関与していなかった。彼女の不倫が原因で、少年ヘンリーがアビゲイルの死に関与していたのだ。ここには何百年も沈黙させられてきた魔女たち、魔女として罰せられた女性たちの姿が浮かび上がる。

5. 弥生子の「山姥」とジョルジュ・サンドの『愛の精』

魔女はエコロジーの問題と直結する。なぜなら現代魔女スターホークがいうように、「魔女は自然の中で暮らしている人々と同様、全てのもの――植物、動物、岩、星など――は何であろうと生きており、それぞれ程度の違いはあれ意識を持った生命である」ととらえているからだ。[*31]『水星の魔女』もまた、エコフェミニズム的なテーマを丁寧に表象している。ヒロインのスレッタがグエルとの決闘に勝ち、ミオリネの婚約者（花婿）としての地位を獲得してからは、ミオリネとの信頼関係を育み、大切に育てているトマトの世話を任されるまでになる。女子生徒同士が、あるいは彼女らと連帯しようとする男子生徒たちが接触する場としてトマトの温室が描かれていることも重要だろう。

近年、生態系を破壊しながら、近代社会を作り上げてきた人間の文明のあり方が根底から見直され始めているが、このような傾向は、脱人間中心主義の思想に支えられているといっていいだろう。この問題は、チャクラバルティのいう「人新世」とも結びついている。脱魔術的な近代社会において、人間が生態系と共存するアニミズム的な思想を体現してきたのは魔女たちだけではない。日本において、それは「山姥」の神話に引き継がれてきた。

野上弥生子の「山姥」という短編小説には、夏を過ぎても山の別荘村に留まる女性作家、和子が遭遇する美しく神秘的な世界が描かれている。「淋しい山住みに」、和子は「なにかものを書いたりして、それで長逗留になる」のだというが、[*32] この描写は毎年夏になると北軽井沢にある大学村で過ごしていた弥生子自身を想起させる。和子は、野草の名前を知り尽くしているおせきちゃんと散歩したり、「きのこ爺さん」が住む小さな藁小屋で足を休めたりするのだが、日差しが彼女を包み込んだとき、ある神秘的な気づきにいたる。

それとともに、光線に溶けこんでいる宇宙的なもろもろの元素をも、一緒に吸いこんでいるような気持であり、また自分の中の、自分をつくっているもろもろの微細なものがひとりでに解《ほぐ》れて、蒲公英《たんぽぽ》の花の些《ささ》やかなパラシュート型の種子のように、ふわふわと浮きながら、空《くう》に漂い去るような感じでもあった。（「山姥」、二〇六頁）

和子はこの山の別荘村を「妖精圏」だと信じ込んでいるほど、アニミズム的でエコロジカル、あるいはファンタジー的な空間として捉えており、いったいどこに山姥が潜んでいるのかと困惑してしまうほどだ。彼女は「その内側に片足でも蹈みこむとともに、今まで聞こえなかった音楽が聞こえ、妖精たちの歌の声や、踊る靴の音が耳にはいるという神秘な線が、あたりに見出されでもするかのように（中略）見廻した」（同、二〇七～二〇八頁）。また、「きのこ爺さん」と呼ばれる男性が「これでもあげましょうか」と言いながら、和子に魚の刺さった二本の串を差し出したとき「いかに貴重であるかを知ってい」る彼女は、「私はいろいろ食べるものがあるわ。それはお爺さんがおあがりなさいよ」といって、遠慮する（同、一九六〜一九七頁）。米の価格や世界情勢などについて語らい、有用な知恵を共有する二人は山の共同体の一部をなして生きている。

山姥の不気味で恐ろしいイメージとは対照的であるが、これはまさにジョルジュ・サンドの『愛の妖精（プチット・ファデット）』の、妖精的なものと治療者としての魔女的なものが混じり合った世界観に通じる。ファデ婆さんと呼ばれる未亡人は、まじないを使って手足の故障を治したり、医者任せにすれば命を落としていたであろう患者も治してしまうような奇跡を起こす。彼女には菜園と小さな家以外はなにもなかったが、食べるのには困ったことがない。このファデ婆さんの孫娘というのが、「こおろぎ」と形容されるヒロインのファデットだ。「妖精」（とくに小さな妖精）をあらわすファドという言葉が、この二人の名前の一部に用いられていることは重要である。ファデットがこおろぎに喩えられるのは、容姿の醜さに由来しているといわれているが、人間の及ばない力を持つファデ婆さんたちが疎外の対象となってきたことは迫害される「魔女」のイメージと重なる。

弥生子がサンドの『愛の妖精』にインスピレーションを得ていたのかどうか定かではないが、否定的なイメージがこびりついた「山姥」をあえてタイトルに選んだ背景には、ステレオタイプを刷新しようとする批評精神があるように思える。ヒロインである和子の容姿が「殊に若くもきれいでもない」(同、一七二頁)と描写されているのも、「山姥」という言葉の由来を意識しているからだろう。*[33]

そう考えると、『水星の魔女』のプロスペラとスレッタは、前者は山姥的で、後者は妖精的であるととらえられる。プロスペラは美しく描かれているものの、普段は顔の上半分が隠れるヘッドギアを被っている。物語の後半では、GUND技術の開発過程によるものか、顔に痣が浮き出る場面もある。

プロスペラがシェイクスピアの『テンペスト』をなぞるように復讐物語を駆動させていく過程はさながら錬金術師のようであるが、「山姥」のヒロインである和子も、創作者として小説の登場人物を「完成」させようとする(同、一七四頁)。ここにおいて、タイトル「山姥」の意味が少しずつリアリティを増してくる。和子は、物語を紡いでいくプロセスを必ずしも確信に満ちたものとしては表現しない。「天使軍に劣らない熱意で悪魔軍を描いた」ジョン・ミルトン(一七世紀のイギリスの詩人)を例に挙げながら、「迷ったり、疑ったり、横道にそれたりするものが一方にあって、かえって正しい歩み方が確立される」と考えている(同、一七四〜一七五頁)。これはまさに『水星の魔女』に通底する「正しさ」を留保する**ケアの倫理**と共鳴し合う思想であり、善悪という基準だけで判断を下すことのない、不確かさの中に留まる力を指し示している。

『水星の魔女』が、真に魔女アニメとして創作されたのではないかと私が感じるのは、既存の制度や社会規範に押し込められようとする女性たち、蔑ろにされるマイノリティたちの抵抗を描いているだけではなく、敵対者が理解し合える道筋を探ろうとしているからだ。スレッタの学校では、チュチュやマルタンといったアーシアン（地球出身者）たちは、特権を持つスペーシアンたちとの経済格差を意識している。

チュチュ「この学校推薦してくれた会社のランクで決まるもんね」
マルタン「地球生まれは肩身が狭いよ」
チュチュ「あーしらを底辺に押し込んだのはスペーシアンの方じゃん」
ニカ「チュチュ、声大きいよ」

この会話から分かるのは、スペーシアンというだけで敵対心をあらわにするチュチュと、周りを気遣いながら生き延びようとするニカの多様性である。スレッタは（地球でもなく、しかもスペーシアンたちと交流のない）水星から編入したことによって、いずれの立場にも属さないいわば敵と味方が宙づりになった状態である。アーシアンであるチュチュとも、スペーシアンである（しかもベネリットグループ総裁の娘である）ミオリネとも理解し合おうと努力する。

「私たちはみな相互依存しあって生きているのですから、その一員である以上、どんなに尊大な人であっても結局は生命力に奉仕せざるを得ない」（『聖魔女術』、七九頁）と説くスターホークは、魔女たちが見出す女神のエネルギーを次のように説明している。

（……）女神は愛と怒りにも表わされますが、これらも**社会規範におとなしくおさまる類のものではありません**。かつては「隷属より解き放たれる」とは、魔法円の中においては奴隷であろうと貴族であろうとみな平等ということを意味しました。今日、隷属という言葉は肉体的なもののみならず精神的・感情的な隷属も意味します――固定的な感覚への隷属、固定観念への隷属、盲信への隷属、不安への隷属といった具合に。ウィッチクラフトにおいて必要とされるのは、知的な自由及び自分の思い込みと対決する勇気です。（同、一八一～一八二頁、強調引用者）

このアニメの物語の前半部分を占めるのは、父親の野心のために利用される娘ミオリネの、そしてそこで差別されるアーシアンの学生たちの怒りである――後半部分ではその怒りの感情が、スレッタや学生同士の対話によって融解し、魔女的な「相互依存」が実現するケア・コミュニティへと発展していく。敵と味方、自己と他者の間で引き裂かれ、葛藤しながらも、他者の声を奪わない。人間の権力欲、物欲といった欲望が支配する近代社会の人間中心主義を打破しようとするこの反逆の物語は、『テンペスト』からも受け継いでいる。

　また、チャクラバルティがいう、人間の傲慢さ《ヒュブリス》を克服するための「居場所を作る」という謙虚さがこのアニメでもそこここに表現されている。数々の理不尽な規則や生徒間のいがみ合い、チュチュやミオリネの強気な態度、そして（ミオリネをトロフィーと表現するような）グエルの有害な男性性でさえ、スレッタは真っ向から批判しない。彼女は当惑しながらも、最初はただ与えられた環境に順応し、他者を理解しようとする。このようなスレッタの徹底的に受動的なありようをどう解釈すればよいだろうか。

　スレッタが、グエルをはじめとする精鋭たちとの「決闘」で勝利することができた大きな要因は「エアリアル」と同期できることである。[*34] ラッセルの「沼ガール」において、未知の声を聞くことを恐れ、拒絶するキリアンの態度を思い出すとき、スレッタの「同期」はまた違った印象を帯びてくる。アニミズム的な世界観において、他者の、あるいは未知の言葉を理解しようとする行為は尊ばれる。スレッタはエアリアルに搭乗するとき、ずっと他者の「声」を聞いていた。そしてその声は、スレッタのようなリプリチャイルド（＝魔女的な存在）にしか届かないのだ。

　ただし、自立をめざしてきたリベラル・フェミニストにとって、そして私にとっても女性が他者の声を聞き続けるという**受動性**は一筋縄ではいかない問題である。しかし、人間は、つねに能動的に自分を他者に押し付けるやり方では闘い続けることができない。ミオリネを決闘の勝利のトロフィーと考えていたグエルも、スレッタのケアする態度に感化され、少しずつミオリネや周りの声に耳を傾けていく。〈ケアの倫理〉の理論を掲げるキャロル・ギリガンによれば、「声を聞く」という行為は、一時的であったとしても自己主張を一旦棚上げしなくてはならない困難な自己矛盾をはらむ。これこそがネガティヴ・ケイパビリティと呼ばれる力である。他者の声を聞くというケアの姿勢の重要性が、この物語では示されているのだ。

6.『フランケンシュタイン』と『ワンダヴィジョン』

哲学者であり生態学者でもあるティモシー・モートンは、マーチャントをはじめとするエコフェミニズムの欠点を指摘しつつ、**クィア・エコロジー**という発想によって本質主義的なアプローチを極力回避している。[*35] マーチャントの議論がモートンの批判対象になってしまう理由の一つに、女性としての自然表象——豊饒の女神、動植物など——のステレオタイプを再強化するといった問題を孕んでいることがある。たしかに、自然と女性登場人物がイコールで結ばれるような、弱さや、受動性のイメージに単純化する表象がなされれば、それはとりわけフェミニズムの思想とは矛盾することになる。

一九世紀のイギリス人作家メアリ・シェリーが一九八〇年代のフェミニストたちに批判され

たのも、『フランケンシュタイン』に顕著に表れている自然／表象の受動性ゆえである。[36] 死体を集めて人造人間を創造する主人公のヴィクター・フランケンシュタインの被造物誕生のプロセスは、あたかも「自然（豊饒の女神）」が科学によって陵辱（レイプ）されるかのように描かれている。ヴィクターが師事する化学の教授ヴァルトマンの言葉は、当時の科学観と人間の傲慢《ヒュブリス》さを窺い知るには重要であろう。

〔現代の科学者は〕自然の深奥を看破し、自然の隠れ家における営みを明らかにする。彼らは天にも昇ってゆく。血液の循環が、われわれの呼吸する空気の性質が、すでに明るみに出されております。科学者の得た力は新しく、ほとんど無限と言ってもよい。天のいかずちを支配することも地震を真似ることも、不可視の世界に本物そっくりの影を造ってみせることさえも、できるのであります[37]

ヴィクターの母親もまた、夫のアルフォンスに守られなければ倒れてしまうほど受動的な女性として描かれ、温室の植物に喩えられている。[38] 自然（妻）を守る男性（アルフォンス）と自然を征服しようとする男性（ヴィクター）の構図がこれほどくっきり浮かび上がるケースは稀かもしれないが、文学やアニメでもこのようなジェンダー表象がなされてきた。アルフォンスのような「理解ある優しい夫」は、魔女っ子アニメ『花の子ルンルン』にも描かれている。ルンルンは旅先で出会うセルジュという青年カメラマンに何度も助けられ、常に見守られている。

これはまさに、北村紗衣のいう「ギリギリのバランスで保っている、家父長制的な調和に基づく家庭生活の理想像」ではないだろうか。北村は、「魔女と幻想——『奥さまは魔女』と『ワンダヴィジョン』」という論考で、アメリカのシットコムに登場する「パワフルな妻」——『奥さまは魔女』のサマンサと『ワンダヴィジョン』のワンダ——と彼女たちの「理解ある夫」について論じている。[*39] 北村によれば、「社会秩序の転覆を招きかねない魔力を保ちつつ、家庭的な妻としてアメリカ社会に見たところは適応している〔『奥さまは魔女』の〕サマンサは従順さと強さの両方の側面を持っ」ている（「魔女と幻想」、二七八頁）。

日本のアニメにも、「魔女」や吸血鬼の力によって「自然の御しがたさ」を体現するパワフルな女性が数多く描かれてきたが、自然（魔女的なキャラクター）は家父長制的な調和に基づく家庭生活（理解ある夫）を必ずしも転覆しない。たとえば一九八二年から八三年にかけて放映された『ときめきトゥナイト』（原作：池野恋）のヒロイン、江藤蘭世も「理解ある」男性に寄り添われている。吸血鬼と狼女を両親に持つ蘭世は、同級生の真壁俊に恋心を抱きながら、様々な困難に立ち向かっていく。人知を超えた魔法の力を有しながらも、家父長制的な調和に基づく恋愛観、結婚観をまさに「ギリギリのバランスで保っている」。

一方、『ワンダヴィジョン』について北村が注目する斬新さは、「トラウマ」という新しいテーマによって、『奥さまは魔女』や『ときめきトゥナイト』をはじめとする日本のアニメでは内面化されていた家庭生活の理想像が、実は「現実に存在していない」ことを明らかにする点である。サマンサの夫と同じように、ワンダの夫ヴィジョンも常に優しいが、実はヴィジョンとの幸福な家庭生活は「完全に幻想」であったことが判明する。ヴィジョンはすでに亡くなっており、そのトラウマが、かつての記憶を呼び起こしていたのだ。[*40] ワンダはそれによって村全体を創造し、人々の心さえも操ってしまうほどの「大規模な映像的イリュージョン」を生み出してしまった（同、二八三〜二八四頁）。

『水星の魔女』は『ワンダヴィジョン』とはまた違った方法で、「家父長制的な調和に基づく家庭生活」の幻想を打破している。スレッタは、パワフルなミオリネの「理解ある夫」の有力な候補者として描かれてはいるが、ここには家父長制的でヘテロセクシュアルな理想像は投影されていない。クィア・エコロジーの提唱者として知られているティモシー・モートンは、先述したとおり、キャロリン・マーチャントらのエコフェミニズムを、生物学的な男女二元論を基盤とする本質主義であると批判的に捉えているが（Morton, p.274）、実はマーチャントは「歴史をただ女という観点のみではなく、社会階層・人種や自然環境といった観点から」見直す必要があると提言しており、二一世紀の文脈でいうところの**インターセクショナリティ**（交差性）の考え方を先取っている。インターセクショナリティとはキンバリー・クレンショーが打ち出した概念で、ジェンダー、民族、年齢、セクシュアリティ、社会経済的状況、地理的位置、障害などに関連した差別が、複合的に交差している状態を意味する。

クィアネスに注目するモートンやエコロジーを視野に入れてフェミニズムを語るマーチャントの論においては、**自然イデオロギーが孕む男女二元論／ヘテロセクシズムの境界線をいかにして乗り越えられるか**が主軸であった。モートンにとって、クィアネスというのは身体の内側と外側を保つ構造が解体されることである。[*41]「環境とともに作り出す、あるいはそこに生息するすべての生命体は、あらゆる層においても、内側と外側の境界線を拒んでいるのだ」。[*42]このモートンのエコロジカルな視点は、チャールズ・テイラーの**多孔的な自己**の考え方にも通ずる。近代西洋的な自己を**緩衝材に覆われた自己**（buffered self）と考えるなら、それとは異なり「内側と外側」を行き来できるスピリチュアルな、あるいは通気性のよい「多孔的な自己」（porous self）には特有のケアの力が秘められている。「緩衝材に覆われた自己の境界――注意深く引かれた境界で精神を自然からきれいに分割してしまう――を打ち破る」生命の流れ[*43]に満ちた文学作品やアニメは、脱魔術化された世界にケアが必要であることを示している。

7. 多和田葉子の『白鶴亮翅』と野上弥生子の『森』

私たちが生きているのは、家庭に入ることを理想化せずに「自立」しようとするパワフルな女性たちを魔女的とみなし、抑圧・排除する家父長制的社会である。すでに引用した「その悪魔とは「自立」ではないのか?」というショレの言葉が再び想起される。そんなことは中世の話であると考えてしまう現代人に釘を刺すのが多和田葉子だ。多和田の『白鶴亮翅』は、主人公の高津目美砂の一見何気ない日常を描いているようで、実は彼女やその周りにいる女性たちの生きづらさとその系譜を辿る物語である。ここには、民族的に多様な女性たちの生を活写することで、昔〈魔女〉とみなされた女性たちも、ごく普通の人間だったのではないかという普遍的な問いが立てられている。

美砂はかつて夫と同居していたが、今はドイツで一人暮らしをしている。彼は日本に職を見つけ、帰国してしまった。美砂が夫を追いかけて帰国しなかったのは、彼の言葉の端々から家父長制的な気質を察知しただけでなく、彼女自身、ドイツで暮らす面白さを発見し始めたからだろう。ちょうどそんなとき、隣に住んでいる初老のMさんに太極拳学校に誘われる。パウラ、アリョーナ、チェン先生、様々な女性が登場するが、そのなかで印象的なのが、ベッカーさんだ。彼女は森でお菓子屋を経営する独身の中年女性というだけで、社会に信頼されず、不当に扱われている。彼女のお菓子屋はハイキングコースが近くにあることもあり、繁盛していたが、それをよく思わない誰かが「子供をケーキで釣って店内に誘い込んで暴力をふるっている、と警察に訴えた」[*44]。それから「いろいろと変な噂がインターネットで流れ始め」、「怪しい店を町はずれで開いている独身の中年女」であるという「それだけで魔女扱い」されるようになった（『白鶴亮翅』、二三三頁）。このエピソードから分かるのは、「かつて魔女扱いされた女性は実際には魔女などではなく、家族がおらず、町はずれや森の中で生活しているうちに歳をとった普通の女性たちだったかもしれない」ということだ（同、二三二頁）。

美砂はまた、関西弁で話す家電と会話できたり、金髪の少女の幽霊を見たり、日常を超えた世界を感受する力を持つ多孔的な自己を備えている。彼女たちの物語は幸福な瞬間ばかりではないが、その感受力で困難をもはねのける。ちょうど鶴が羽を広げるような太極拳の優雅な型「白鶴亮翅」が、背後から襲ってくる敵をはね返すように、エンパワリングなのだ。

鶴が物語のモチーフになっているのは、太極拳の型としてだけではない。人間世界の愚かさを俯瞰する**「一羽の鶴」が持つ惑星的な視座**が言祝がれている。美砂が受け取ったMさんからの手紙には次のように書かれていた。

確かにわたしの親戚にもナチス政権に命がけで反対していたのに、戦後はドイツ人だというだけでナチス扱いされてポーランド人に殴られた人がいる。しかし歴史はもっと長い目でみなければいけません。自分がどこの国の人間かというようなことは忘れて、ちょうど空を飛ぶ一羽の鶴のように、人間界の愚かな争いを空から見て、どうしてあんなに愚かな戦いが起こりえるのか、と心底疑問に思わなければいけません。（同、二〇四～二〇五頁）。

その後、美砂はスージーという友人とMさんの手紙の内容について話す。「自分の民族だけひいきしないで、あらゆる民族を平等に見て歴史的な証言をすることができるかっていう質問」に、Mさんの「鶴になればできるかもしれない」という考えを報告している（同、二〇六頁）。

戦争、分断、そして魔女狩り。この三つは鳥瞰的な視座が欠けていることによって生まれる悲劇である。ショレによると、目立つ功績を挙げる女性が〝魔女狩り〟にあう社会には、**パートタイム労働者の多くが女性である**という特徴がある。現在フランスでは働く女性の三分の一がパートタイム労働をしており（男性のパートタイム労働者率は八％にすぎない）、多くの女性が経済的に自立できていない。それを踏まえると、日本がパートタイム労働者比率で世界第四位であるという事実は重く受け止めなければならないだろう。[*45] 厚生労働省の調査によれば労働人口の四分の一がパートタイム労働者であり、その内のおよそ七〇パーセントは女性である。[*46] 私は大学生時代に卒業論文のテーマに「日本の女性パートタイム労働者の実態」を選んだのだが、その理由を今ふりかえってみると、なぜ多くの女性が正規雇用を諦めてパート労働に従事するのかが不可解だったからだ。女性がパートタイムであることは、すなわち「経済に限らず、独立した生活が送れていないことを意味する。しかも、女性の仕事は教育、子どもや高齢者の世話、または補助的な仕事に限られている」。

仕事でも同様に、女性は「目立たない」よう強いられることがある。同様の隷属状態に置かれ、ステレオタイプな役割しか果たせないのだ。（中略）女性が医療の現場で仕事をする場合は、看護師として、偉大な科学者（「生まれついた資質」により、男性にはこの称号が与えられる）の下ではたらく。（『魔女』、九五～九六頁）

ショレはさらに、作家志望である女性たちが社会で抑圧されている例として、エリカ・ジョングの伝記的な小説『飛ぶのが怖い』（*Fear of Flying*, 1973）を挙げている。この小説の主人公であるイザドーラ・ウィングは「母親から芸術家ないしは芸術家志望の男性には近づかないよう言いわたされている」。イザドーラは、社会の「ステレオタイプな役割」を内面化してしまっており、「心から本を書きたいと思っているものの」、本当に書けるのだろうかと「常にどこかで自分を疑っていた」という（同、九七～九八頁）。

それと関連して触れておきたいのが『水星の魔女』の第八話（「彼らの採択」）で「GUND-ARM」社を設立しようとするエピソードである。ミオリネは、父親の覇権に搦め捕られないために地球に逃げようとしていたが、戦争シェアリングで富裕層だけが利益を得る現実を変えていくために、前に「進む」ことを決意する。スレッタやミオリネたちは「逃げたら一つ、進めば二つ」というプロスペラの金言を励みに、**自己卑下の感情を乗り越えていく**。それまで「呪い」であると思い込まされていたガンダムの技術が、軍事利用される以前は身体機能障害の補助を目的とした生命を救う医療技術として開発されていたことを知ったミオリネは「何よりクソおやじとは違う道っていうのがステキ」といいながら、「GUNDを使った医療技術を完成させて世に出すこと」に舵を切る。軌道に乗りかけたときに、またしてもバックラッシュが起きるのだが[*47]。

家父長制社会における女性のこのような自己卑下、自信のなさを、マーガレット・アトウッドは「青ひげの卵」（*Bluebeard's Egg*, 1983）という短編で「自分は何ものでもないのではないか。サリーはときに不安になる」というヒロインの心理描写によって表現した[*48]。主人公のサリーには離婚歴のあるエドという夫がいる。この短編はシャルル・ペロー『青髭』（*La Barbe Bleue*, 1697）のアダプテーションだが、原作のヒロインとは異なり、アトウッドが描くサリーには仕事があり、中規模の信託銀行の社内報作りをしている（『青ひげの卵』、一一二頁）。ただし、ショレが指摘したように、女性は仕事でも「目立たない」よう強いられている。サリーの社内報の仕事は、「実力の半分ほども費や〔せ〕ばこなせる程度の安易な仕事」で、「将来性のないものばかり」だが、上司が「昼間からアルコールに溺れているか、暇さえあればゴルフにうつつを抜かしている」ため、「サリー一人で切り回」さなければならない。「そのくせ手柄となればこの男が独り占めする」。会社がこの上司をくびにできない理由は、この男の妻が会長の親戚筋というだけである（同、一一二～一一三頁）。

野上弥生子『森』のヒロインは、世間の女性作家に対する「さげすみ」を内面化することをよしとしない進歩的な女学生、菊地加根である。弥生子は自分が東京の女学校に通った一〇代の体験をもとにして、そこで教鞭を執る教員たちや女子生徒たち、その他学校に出入りする人々の家庭などを描いた。『水星の魔女』と同じ学園ものであるが、幅の広い明治文化史としても読めるだろう。まさに日本版『飛ぶのが怖い』とも読める。弥生子は「げんみつには自叙伝とはいいがたい」と断ってはいるが、しかし作中に作者の体験が色濃く反映されていることは言うまでもない。[*49]

加根が東京の女学校で学ぶことを認めてもらえたのは、本人の勉学意欲もあったが、女性でも作家になって然るべきという反骨心のなせるわざだったのかもしれない。加根には魔女的な精神がある。たとえば、加根自身は気が向かない琴の稽古で「お師匠さん」から、千駄木に住む森鷗外の話を聞かされるのだが、その「お饒舌《しゃべ》りのあいだ」に、「お夏」と呼ばれる樋口一葉が世間に、あるいはお師匠さんにどう見られているかを知る。

「お夏の家はほんの小者で、出入りとはいえお勝手口からそっとはいった身分で、時には暮らしの面倒まで見てやる始末でしたからね。お夏が女流作家とかなんとかで売りだしたと聞いても、まさかと思って、最初はまに受けられませんでしたよ」

お師匠さんの言葉には、その時分のさげすみがまだ残っていた。それが加根をいっそう驚かした。[*50]

樋口一葉へのこのような**バックラッシュ**を耳にしてなぜ加根が驚いたのかというと、女学校での樋口の評判が世間の「さげすみ」とは正反対であったからだ。加根が通っていた女学校は、『水星の魔女』のアスティカシア高等専門学園よりはるかにリベラルである。国文の教師は「『枕草子』からしばしば女流作家のこと」に触れていたし、海外の文学作品等の邦訳で知られている若松賤子をモデルとしている、「岡野校長の今は亡《な》き奥さんで、「小公子」の訳者〔立松操子〕とならべて樋口一葉をあげながら、日本の文章とはどんなものかを知るためにも、是非よまなければと激賞し」ていた。加根は、お師匠さんたちの「さげすみ」を「なにか意地のわるい素っ破ぬきの気がした」と回想している（『森』、三五九頁）。

『森』ではさらに、若い画家志望の青年、篠原健と、デュエットとあだ名された二人――園部はるみ、生田ちか――が三角関係のようになっていく様子が描かれるが、青年の渡米に際して、この三角関係がヘテロセクシュアル的なものではないことが明らかになる。

寄宿舎のほかの女友だちとはたしかに別な触感があるにしろ、それがなんだ。たとえば初夏の森の新緑が、同じういういしい翠《みどり》で噴出しても、照る日、曇る日の光線、受けとる枝々の交錯、茂みの深い浅いによって輝きも、色調も、それぞれに変化するに似た情緒のほんのちょっとした翳《かげ》りで、質的には友情の圏から外ずれるものではない。（同、一八四頁）

篠原が別れの挨拶として生田ちかにした「接吻」でさえ、「二人のどちらをも愛しており、また愛していたのではない」という。なぜなら「彼が愛したのはあの森、あの森がもっていたすべてのもの」だからだ（同、二〇四頁）。

一方で、園部家の女主人「かつ枝」をはじめとして、娘や息子に結婚を勧める母親も描かれている。「衣食住に不自由なく、健康にも恵まれた中年女に、ちょうど更年期の生理症状に似ておきる嫁探し、婿択《えら》みの世話が、なにか奇妙な流行になっていた」（同、四五〇頁）。岡野直巳の侍女である「のぶ」の受動性も明治時代の女性像を浮かび上がらせている。

彼女の奉仕がいつからのものかは知らない。二十三の岡野が板塀つづきの邸内にはじめて足を踏み入れた日からのぶ女はそこに在ったのだし、反対に正夫人の姿は見たことがない。家政の一切がのぶ女に委《ゆだ》ねられていること、それがまた主人の海舟への比類のないほどまめやかに行きとどき、実質的には氷川邸を背負ってたつかたちなのに、飽くまで侍女としての謙虚さ、つつましさに徹しているのを、岡野が深い驚きで知った頃、彼はまたそれ以上に愕然《がくぜん》とするものを見ないわけにはいかなかった。（同、四七二頁）

このように「謙虚さ」「つつましさ」など、美徳として内面化された「女性らしさ」に抵抗するためには、やはりエンパワリングな物語が力を与えてくれる。私が自分を鼓舞するために何度も観てきたのは、魔女映画『イーストウィックの魔女たち』である。一九八七年に初めてこの映画が公開されたとき、私は一五歳だった。その当時、魔女といえば恣意的に魔法を使って、社会を混乱させるという悪のイメージしかなかった。彼女たち自身が、魔女としての自分に気づき、その力を使い始める「自立」の物語であるということは大学生の頃に改めて見直して気づいたことだ。

ミシェル・ファイファー演じるスーキーは六人の子供を育てるシングルマザーで、シェール演じるアレックスは未亡人で、スーザン・サランドン演じるジェーンはチェロを演奏することが好きな女性である。この三人が集まったとき、彼女たち自身も気づかない間に念力で「理想的な男性」を召喚してしまうのだが、デイル・バン・ホーンという名のその男は、実は「理想的な男性」を演じる悪魔であった。アレックスがデイルの館に招かれ昼食をとっているときに、彼の大演説が始まる。

「女性こそ全ての源だ　パワーそのものだ。自然。誕生。再生」「結婚は男にとって得だが女にとっては地獄だ。女性は窒息して死んでしまう」「妻が夫を失うにせよ、夫が妻と別れるにせよ、死別、別居、別離は人生の〝三大別〟だ。これを経て、女は花ひらく。満開に咲き誇る果実の如く熟す」。

魔女たちが喜びそうなことを一通りいった後で、デイルはアレックスを誘惑する。アレックスが帰ろうとすると、デイルは「君は働き者だ。妻として、母親として、ずっと拘束されてきた。子供を学校に送り迎えし、菜園を作る。縫い物をやり、手芸に精を出す。近所の連中とコーヒーを飲む。酒も飲む。ピルを飲む。精神分析医にも通ってる。それでいいのか?」と問いただす。

悪魔であるデイルは魔女の歴史に詳しい。「魔女狩りの真相を知ってるか。一四世紀に起きた医学闘争に端を発している。男性が産婆を分娩業から締め出そうとした。火あぶりにされた女性の大半は産婆だった。男が支配するビジネス社会の典型的な例だ」と啓蒙する。少しずつ魔女であることを自覚していく三人は、最終的にはデイルに依存することをやめ、力を合わせて自立する道を選ぶ。エンパワーされた彼女らは宙に浮かんで、飛べるようにさえなるのだ。

8. パワーズの『エコー・メイカー』

これまで『水星の魔女』を中心に、複数の魔女文学、アニメ、映画を見てきた。スターホークは、「ダイナミックに流動」する宇宙の均衡や**螺旋を描きながら流れるエネルギー**について次のように語っている。

螺旋形は多くのことを示唆していますが、その中で最も重要なのは「いかなる形態のエネルギーであっても一定方向にのみ偏流することはない」ということです。螺旋モデルにおいては、エネルギーは最高点に昇りつめた時点で必ず逆向きに方向転換します。これを分かりやすく言えば、能動は受動によって均衡する――努力の後には休息、行動の後には静止――ということなのです。**父系社会が理想とするような常に能動的な男性や常に受動的な女性は完全なものには成り得ません**。また、常に創造的な人、常に煽情的な人、常に怒っている人というのは存在しない（『聖魔女術』、二六八頁、強調引用者）

男性だから能動的、女性だから受動的というステレオタイプでは、社会の複雑な営みに携わり、様々な困難を乗り切ることはできない。『水星の魔女』においては、「パーメットスコア」というものが「エネルギー」のメタファーになっている。スレッタのように、GUNDフォーマットで機動するモビルスーツに搭乗するパイロットは、体内に入れるパーメット（鉱物由来の元素）の量を「パーメットスコア」というランクで評価する。スコアが高ければ高いほど同期できるがその分、身体への負担は大きい。ガンダムパイロットが自分の身をすり減らして戦う姿は、痛々しい限りであり、まさに新自由主義社会で常に全力で働くことを期待され、やせ我慢しながら労働する人々を彷彿とさせる。他方、魔女の世界の理《ことわり》では、常に能動的に、闘争心を剝き出しにして戦う男性原理が「正しい」わけではない。短期のスパンではなく、長い目で「生」を捉える必要があるのだ。

多和田が特に強調する鳥瞰的な視点もまた、人間中心的な視座を越えていくものである。『白鶴亮翅』のMさんの惑星的な視座に遭遇すると、鳥（鶴）の視点にさえ「同期」することができるのかもしれないと思わされる。**他者に「同期」する**とはどういうことだろうか。脳科学的にいうと、それは「ミラー・ニューロン」の働きに近いのかもしれない。

全米図書賞を受賞したリチャード・パワーズの『エコー・メイカー』（*The Echo Maker*, 2006）は、他者の視点から世界を眺めることを「ミラー・ニューロン」の働きとして表している。交通事故に遭い、奇跡的に命をとりとめたマークは脳に損傷を負い、近親者である姉のカリンが瓜二つの偽物と入れ替わったと思い込んでしまう。神経科学者の担当医師、ジェラルド・ウェーバーは、人間の脳の神秘的な症例を紹介したベストセラーの作者でもある。彼は、娘の成長に思いを馳せながら、まだ完全には解明されていないミラー・ニューロンの「共感の回路」に驚嘆している。

> 娘のジェシカがまだ一歳にもならない時、ウェーバーは舌を出すだけで、ジェシカに舌を出させることができた。そこでは数えきれないほどの奇跡が起こっていたのだ。幼児は父親の舌と身体全体の位置関係を知り、父親の身体地図を自分の感覚の上に書きこみ、見ることもそれについて知ることもできない自分の舌を見つけてそれに命令する。幼児は何も

教えられていないのに、ただ父親を見ただけでそれをやってのけた。[*51]

「自我は流出する」というウェーバーの言葉は、流動的な自己のイメージを是認する。近代社会が構築してきた「自己」と「他者」の間にある高い壁を、幼児は軽快に乗り越えてしまうことに彼は驚嘆している。

興味深いのは、そういった幼児期の記憶がおぼろげにでもあるからか、私を含め『水星の魔女』の視聴者は、スレッタがエアリアルに完全に「同期」する能力を不審に思わない。むしろそれができるスレッタを、ウェーバーがジェシカを眺めるような驚異のまなざしで見る。ウェーバーはまた、アニメの幻視を見るシャルル・ボネ症候群の女性患者の症例についても触れている。

私が知っている女性はアニメのキャラクターに取り囲まれている幻覚をよく見ました。シャルル・ボネ症候群はそう珍しいものではありません。多くの人が経験しています。もちろん、そこには苦しみがあります。しかし健常者の日常にも苦しみがあります。そうした症候群との間に断絶ではなく連続性を見出していく必要があるでしょうね。（『エコー・メイカー』、三二四〜三二五頁）

文学作品の読者も、あるいはまたアニメの視聴者も、心の目でキャラクターの苦しみに同期することがあるのかもしれない。[*52]

ウェーバーにとって、「物語とは大脳皮質で起きる嵐」であるという。『テンペスト』という物語も、シェイクスピアの大脳皮質で起きた嵐によって巻き起こった。ウェーバーは「物語が現実になるというその妄想は治癒の種のように思え」、彼の知っている患者は「他人の物語を語るとその物語がまた現実に起こると思っていた」（同、五七六頁）。

そんなウェーバーだからこそ、マークが語る「動物の大脳皮質の微片」を人間の脳に移植するという虚構としか思えないプロジェクトにも耳を傾けている。「人間の脳に猿の脳の一部を入れたんだろ。何で鳥のを入れないいんだ。鳥のちっちゃいアーモンド形のやつを人間のやつのかわりにするんだ」（同、五七九頁）。小説の終盤でウェーバーは、マークの姉カリンに連れられて、「地元の人間だけが知っている鶴の休息場所の一つ」に足を運び（同、五八七頁）、鶴の声にも耳を傾ける。

一羽が旋律を奏でる。自然のままに歌いだす意外性に満ちた四音を。もう一羽がその動機をとらえ、陰影をつける。その音がウェーバーを刺す。自身に語りかける創造の声は彼を締め出しているからだ。その真実の発話を理解できるのは鶴の解読能力だけだ。語り合う番は黙り、地面に証拠を捜す。二羽は探偵であっても、科学者であってもおかしくない。

生命に対してすらコミュニケートできない生命。（同、五九一頁）

鶴たちの光景を眺めながら、ウェーバーは「太古の鳥の目を通して、何かがこちらを見ている」ように感じる。それは「純粋な野生の視線」であり、「ただ存在するということの堅実な知」でもある（同前）。まさに生命中心的な視線が、圧倒的な存在感をもって描かれている。カリンもまたこの光景に圧倒されながら、**鶴が休息するための広い湿地**を確保するより、利益を生む開発に目を向けてしまう人間の思考の狭さを嘆く。そして鶴たちの視点に〝同期〟できない人間の不思議に首をかしげている。「ああ、人間はどうしちゃったんでしょうね。先生は専門家でしょう。この素晴らしさがわからないなんて、人間の脳の中でいったい何が……」（同、五九二頁）。

『エコー・メイカー』の主人公ウェーバーがいうように「物語とは大脳皮質で起きる嵐」であるとするなら、『テンペスト』から霊感を得て生まれたであろう『水星の魔女』は、プロスペラとスレッタが巻き起こす大きな嵐となって日本社会に波紋を広げているように思われる。巨大な経済圏が構築された宇宙を舞台とした物語で、ときに受動的になりながらも他者の声に耳を傾けるスレッタの〈ケアの倫理〉は、独りよがりの正義を振りかざす登場人物たちの心も解きほぐしていく。自分が変わることで社会を変えていくこの物語は、他者とのつながりによって世界を祝福しようとする、まさに魔女的世界が表現されている。

アニメの主題歌のタイトルが「祝福」であるというのも意識的だろう。『テンペスト』には、妖精の仲間として「Ceres（シーリーズ、日本語読みではケレス）」という豊穣の女神が登場し、祝福を捧げる。「大地の実り、豊かな収穫、／納屋にも倉にも蓄えは尽きず、／葡萄は鈴なりに房をつけ、／果樹はたわわに実を結び、／穫り入れの秋が過ぎれば／時をおかず春よ来たれ。／貧しさと乏しさが二人を避けて通るよう。／シーリーズの**祝福**が二人の上に」（『テンペスト』、一二五頁、強調引用者）。

野上弥生子は研究者の間で『ギリシア・ローマ神話』（ブルフィンチ著）の邦訳者として知られ、豊饒の女神ケレスの物語も訳している。「陰府の王ハデス（プルトン）」に娘プロセルピナをさらわれたケレス（デメテル）がゼウスとの交渉により、「一年の半分はお母さんといっしょに暮らし、残りの半年は良人《おっと》のハデスといっしょに暮らす」取り決めをする。[*53]ケレスは「穀類や、農業の知識をさずけ」る贈与者だ。そしてこれは、娘が「再びお母さんのところへ還《かえ》って来」る祝福の物語でもある（『ギリシア・ローマ神話』、九〇頁）。

ケアの倫理を提唱したギリガンも、ハデスに誘拐されたプロセルピナと彼女を救い出す母ケレスの物語を、「権力に対する女性の態度をよくあらわすものとして」紹介し、「相互依存的であること、資源を積み上げること、そして与えることの強みを示」す神話であることを強調している。[*54]ギリガンは決して、「大地の豊穣が母 - 娘関係の連続性に神秘的に結びつけられていること」だけに注目しているわけではない。「これまで男性に寄り添って生きてきたのを女性に寄り添う生き方に変えなければ、両性の経験を包含する理論にならない」と述べ、それによって「より豊かな理論」になると主張する（『もうひとつの声で』、九四頁）。弥生子もギリガンも、**ケレス神話**から**相互依存の思想**のヒントを得ていたのではないか。

『テンペスト』の「祝福」は結婚するミランダとファーディナンドに贈られていると考えられるが、『水星の魔女』の祝福は誰に捧げられているのだろう。[*55] 主題歌「祝福」（作詞・作曲・編曲：Ayase）の歌詞からは、自由への渇望が感じられる。「決め付けられた運命／そんなの壊して／僕達は操り人形じゃない／君の世界だ　君の未来だ／どんな物語にでも出来る（中略）／これは君の人生（誰のものでもない）／それは答えなんて無い（自分で選ぶ道）／もう呪縛は解いて／定められたフィクションから今／飛び出すんだ／飛び立つんだ……」主題歌が歌い上げるように、このアニメの「祝福」には、性規範やヘテロセクシュアリティの因習を打破して「飛び立つんだ」というメッセージが込められている。魔女が、エアリアルが、そして鳥が飛び立つように……。

4章　ザ・グレート・ウォー――女たちの語りに耳をすます

1. テイラー・スウィフトの反戦ソング

あたしはずっと〝あなた〟を恐れて来たの。
ナチの空軍を持ち、変てこな言葉をしゃべるあなた、
それに小ぎれいな口ひげと
青くきれいなゲルマンの眼。
戦車兵、戦車兵、おおあなた――
（……）
あなたは黒板の前に立っているわ、ダディ、
あたしが持ってる写真の中で。[*1]

アメリカ人の詩人シルヴィア・プラスの「ダディ」(Daddy, 1965) という詩を私が初めて読んだのは、プラスの留学先の英ケンブリッジ大学でだった。プラスに関心を持ったのは、彼女の夫でイギリスの詩人テッド・ヒューズが、私と同じペンブルック・カレッジ出身だと知った

からだ。ケンブリッジ大学には三〇ほどのカレッジがあることを考えると、同じカレッジ出身というのは、かなり縁がある。この天才詩人カップルが仲良く散歩したとされるグランチェスター・メドウ（ケム川に沿って続く原っぱ）を歩いてみたりした。そんなときは幸せだったはずのプラスがヒューズと結婚して子供を産んだ後、三〇歳の若さでなぜ自殺してしまったのか、あれこれ考えてみたりしたものだ。この詩で、プラスは幼い頃に亡くなった父に対する畏怖と思慕を――「戦車」や「ナチ」だけでなく、「大理石みたいに重たくて、神様がいっぱい詰まった鞄」を持った男に喩えることで――表現している。彼女の自伝的な長編小説『ベル・ジャー』を読んで深く共感していただけに、この詩も理解したいと思ったのだが、なかなか難しかった。謎だらけなのだ。

この「ダディ」という詩について、大学の同級生とも話しながら調べていくうちに、プラスがドイツ人である父親とユダヤ人である母親のあいだに生まれたことを知った。この詩の中でも、ドイツ人とユダヤ人はそれぞれ「加害者側」と「被害者側」として表象されている。ドイツ人とユダヤ人のミックスであったプラスは第二次世界大戦を考えるとき、その出自に身を引き裂かれそうになっていたのかもしれない。ドイツの「言葉」が、「まるで機関車」のように「ユダヤ人」のような「あたし」を「ダッハウへ、アウシュヴィッツへ、ベルゼンへとまっしぐらに」駆り立てていくというのだ（「ダディ」、九五頁）。「あたし」がユダヤ人なのは、差別される性である女性と重なり合うからだろう。「ダディ、あなたを殺さなきゃならないといつも思ってた。／そうするひまがないうちに、あなたは先に死んじゃった――／大理石みたいに重たくて、神様がいっぱい詰まった鞄、／サンフランシスコのあざらしみたいに／大きな灰色の足先一本持って」（同、九三頁）というところはますます難解で、幼い頃に亡くなった父親に対してプラスがなぜそこまでの憎しみを抱えていたのかは謎のままだった。

ところが、それから何十年も経って、戦争と恋人同士の関係をテーマとするテイラー・スウィフトの「ザ・グレート・ウォー」（The Great War）――『ミッドナイツ（Midnights）』（二〇二二年）の収録曲――を聴いたとき、「ダディ」の詩の意味するところが分かった気がしたのだ。英語で「ザ・グレート・ウォー」といえば、近代史で最も破壊的な戦争の一つとされる第一次世界大戦のことだが、比喩的には人間同士の「大きな争い、喧嘩」と解釈することもできるだろう。おそらくスウィフトは、過去の壮絶な恋愛経験を振り返りながら、数々の修羅場＝「戦場」をなんとか乗り越え、敵対する相手と戦うのではなく、共に生きのびることを選んだのだ。それをリフレインで強調しながら、反戦のメッセージを重ねている。歌詞に出てくる「ポピー（芥子の花）」は戦没者を象徴する花である。第一次世界大戦の戦死者を追悼するイギリスの記念日「リメンバランス・デー」（一一月一一日）には今でも赤いポピーのバッジが配られる。

スウィフトが**個人的な恋愛関係を、国家間の戦争というイメージにまで押し広げた**のは、「個」を超える家父長制的な社会の構造を炙り出そうとしたからかもしれない。もしかすると、プラスの難解な詩「ダディ」も、それと同じように考えられるのではないか。つまり、「ダディ」とは一人の「父親」を指しているわけではなかったのだ。彼女もスウィフトのように、夫のヒューズに対して愛情や畏敬の念を抱きながら、その反面、心の中では憎しみや嫉妬を募らせていた。プラスにとって夫は「ライバル、支援者、亡き父の代理父といったさまざまな顔を持ち合わせていた」[*2]。「ダディ」という言葉は、広く「父なるもの」、父権的なものの総称として用いられていたのだろう。

二〇二三年の夏、ガーディアン紙にテイラー・スウィフトの楽曲を中心に分析するベルギーの大学の文学コースがヨーロッパ初の試みであるとして大きく取り上げられた。チョーサーやシェイクスピア、ブロンテ姉妹、マーガレット・アトウッドなどの文学作品に加えて、シルヴィア・プラスの詩も扱うという。その科目を担当するエリー・マックコーズランドという文学研究者も、スウィフトの「ザ・グレート・ウォー」とプラスの「ダディ」の詩の類似性をインタビューで指摘している。[*3]やはりプラスとスウィフトの詩／詞は共鳴し、戦争が象徴する父権的なもの——軍国主義や帝国主義が私たちに問いかける問題——の重要性を問うている。

2. 宮崎駿の『君たちはどう生きるか』

二〇二三年七月に公開された映画『君たちはどう生きるか』も、戦時中の日本が舞台となっている。本作が一〇年ぶりの新作長編となった宮崎駿監督は、初期の頃から家父長制的な社会で生きのびようとする少年少女たち――とりわけ少女たち――の「自立」に深い関心を寄せてきた。ジェンダー表象においても、少女の内面を克明に描きながら女性の自己実現の困難を表現してきた宮崎は、一九八九年に発表した『魔女の宅急便』について次のように話している。

親元を離れるのも通過儀礼というには軽すぎ、他人の中で生活するにも、一軒のコンビニエンスストアで足りてしまう時代に、少女達が直面する自立とは、いかに自分の才能を発見し、発露し、自己実現するかという、ある意味でより困難な課題なのです。
主人公の魔女、十三歳のキキには空を飛ぶ力しかありません。しかも、この世界では魔女はもう珍しくないのです。[*4]

宮崎は少女たちがいかに「自立の壁を突破する戦い」に苦戦しているかを強調し、次のように続ける。「映画はいや応ない現実感を持ってしまう為ですが、キキは原作よりも、より強い孤独や挫折を映画の中で味わうでしょう」。宮崎は、若い世代に伝えるために「現実感」をどのように捉えるか、どう描くか」ということを考えつづけてきた（『最後の国民作家　宮崎駿』、三二〜三三頁）。『君たちはどう生きるか』でも、戦争が背景にあることで、より一層「現実感」を伝えようとする宮崎の気魄が感じられる。

詳しくは後述するが、「下の世界」と呼ばれる場所に生きるヒミという少女は、キキと同様、魔法（のような力）を使う。[*5] 入院していた実の母・ヒサコを病院の火事で亡くした少年、牧眞人は、父の再婚相手である母の妹・夏子の暮らす田舎の屋敷へ父とともに疎開する。疎開先の学校にも、夏子のいる家にも馴染めない眞人は、ある日同級生と取っ組み合いの喧嘩をした挙げ句、大きな石で自分の頭を傷つけ、流血させることで、彼らとの対話を避けることを選ぶ。

そんなとき、叔母であり継母でもある夏子が森の中に姿を消してしまう。森には奇怪な塔があるのだが、その昔夏子の伯父——眞人の大伯父にあたる——によって建てられたもので、その後大伯父は塔の中で消息を絶ってしまったというのだ。そして行方不明になった夏子を追って塔に入っていく眞人は「下の世界」に迷い込んでしまう。そこには、ペリカンが生息する島や、人間の大きさのインコが住む城など、不思議な空間が広がっていた。

戦争が行われている現実世界と「下の世界」との落差によって、この映画を見る者は戦争が生み出す貧しさという「現実感」を感じさせられるだろう。たとえば、疎開先の家は和風建築の豪邸で、洋館までであるが、この家に仕える老婆たちが、眞人の父親が東京から持ち込んだ缶詰に群がるシーンがある。戦争で、明らかに物資が少なくなっているのだ。その一方で、眞人の父親はまさに特権的な地位にあり、戦闘機を量産することで利益を得ている。多感な一〇代の眞人は、疎開先で自分が他の同級生と比べて裕福であることを実感し、さらに叔母の夏子が新しい母として眞人の前に現れたとき、おそらく精神的な「傷」を抱えてしまったのだろう。自分で頭につける「傷」はそのことの無意識の表明であったのかもしれない。眞人と彼の父親のコントラストは、眞人の「脆弱性」をきわ立たせている。

ケアの倫理論者のエヴァ・フェダー・キテイによれば、脆弱な人間にとって「自立」は困難であり、他者に「依存」することは不可避である。「不可避の依存の例として、乳幼児期の未発達な状態をはじめ、どんなに世話が行き届いた環境においてもその人から機能を奪う病気や障碍、老衰などが挙げられる」[*6]。宮崎も、少年少女の「自立」と同時に「依存」の不可避性を描いてきた。たとえば『千と千尋の神隠し』では、物語の結末で、それまで湯婆婆のお世話なしでは生きられなかった坊（巨大な赤ん坊）が、はじめて自分の力で立って歩く。湯婆婆はそんな坊を見ておどろくが、河野真太郎はこの二人の関係性について、それまで依存者であった坊は「家父長制的な再生産労働の権化」である湯婆婆から「ささやかな自立」を遂げており、「つぎに依存者となるのは湯婆婆かもしれない」という優れた考察をおこなっている。[*7]

歴史をさかのぼると、神話や伝承のフォークロア的な物語のなかで語られてきた英雄、あるいは（湯婆婆のような）強者とみなされる人物たちにも脆弱性が認められる。わかりやすいところでは、たとえば、アキレウスにはアキレス腱がある。潜在的に「損傷」（vulnus）可能性を秘めている状態を「**脆弱性**」（**vulnerability**）といい、その「傷」（vulnera）が生じるかどうかは環境に依拠している。[*8] すなわち、人間は必然的に脆弱性を内包しているのだ。つけられる傷は、目に見える傷だけではなく、内臓や呼吸器官に疾患がある、あるいは精神的疾患がある、または人に言えない過去や秘密があるなど、さまざまな種類があるだろう。源義経の家来として活躍した弁慶ほどの豪傑でも、痛がって泣く急所、向こうずねがある。そして、それらの欠陥や弱点ゆえに、アキレウスはアキレウスであり、弁慶は弁慶であり、彼らの人間らしさが浮かび上がってくる。人間の脆弱性について書き続けた野上弥生子の代表作『迷路』は、戦争で中断しながらも、二〇年かけて執筆された。次第に軍国主義に染まっていく日本社会が多種多様な人間の視点から描かれた傑作である。

今回は、「傷」を抱える脆弱な人間が、**いかにして父権的な社会から「個」を奪われずに生きのびられるか**という問いに向き合う作品を論じる。イスラエル建国を不正とみなしたハマスが攻撃をしかけたことで始まったイスラエルによるパレスチナ自治区ガザ地区への空爆は、現在進行形で続いている。弥生子をはじめ、ジョージ・オーウェル、ヴァージニア・ウルフ、シルヴィア・プラス、宮﨑駿、西島伝法、飛浩隆などを取り上げながら、いまなお終わることのない戦争について考えたい。

3. 国家は国民を「保護」しているか？

私たちは依存しあい、弱さを曝け出す生き方が評価されない新自由主義的な社会に生きている。「では、攻撃にさらされないように、攻撃されても傷つかないように、「鎧」を何重にもまとえばいいのだろうか？　また、「鎧」を何重にもまとう方法はほんとうに有効なのだろうか？」[*9]。『傷を愛せるか』の著者、宮地尚子の問いかけは重要だ。ここ数年、日本の政府は何重にも「鎧」をまとう努力を重ねているように見える。とりわけロシア・ウクライナ戦争以降、政府が国民を「保護」するためという大義を掲げ、軍事力を高めようとしているが、岡野八代は、「保護」という言葉には「両義的な意味がある」と指摘している。すなわち、生命を「保護する」ための福祉の意味と、軍隊で他国を攻撃することで自国民を「保護する」という意味である[*10]。

たしかに国家は「社会的インフラ整備、国家内の住民の福祉にかかわるサーヴィスの提供、経済活動の規制、そして人口統制など、市民に福祉を提供し」てきた。しかし、三八〇〇年前の都市国家バビロンから近代の国民国家の成立に至るまでの歴史を振り返りながら戦争と国家の成り立ちを研究してきた社会学者チャールズ・ティリーによれば、それらの福祉の活動は

「国民から、歳入と従属を勝ち取るための権力者たちの努力の副産物にすぎ」ないのだという（岡野、一六四頁）。一九四九年に三五年後の世界を舞台としたディストピアを描いたジョージ・オーウェルの『一九八四年』にも、**戦争と国内の権力構造の維持が結びついていること**が強調される。「現在の戦争とは、支配集団が自国民に対して仕掛けるものであり、戦争の目的は、領土の征服やその阻止ではなく、社会構造をそっくりそのまま保つことにある[*11]」。

この点を踏まえると、現在の日本の年金制度の原型ができたのが太平洋戦争に突入した年（一九四一年）であるという考察は至極重要である。日本の年金制度成立でさえ権力者たちの「歳入」目当ての努力であると岡野は示唆している。戦後、社会保障制度の一環として国民皆保険が成立し[*12]、厚生労働省は「わが国では国民皆保険制度により誰もが安心して医療を受けることができる」と豪語しているが、実は昭和三一年頃までは「国民皆保険には消極的」で、「地方団体やマスコミ等の強い世論を受けて」ようやく設置するようになったという経緯がある（「地域の医療と介護を知るために　第9回」、四四頁）。

もし福祉の活動が「国民から、歳入と従属を勝ち取るための権力者たちの努力の副産物にすぎ」ないのであれば、国家が国民の生命や生活を「保護」する政策を提言しているか、一人ひとりが見極めていかなくてはならないだろう。そして、もし国民皆保険制度が廃止されるようなことがあれば、声を上げなければならない。それを痛切に感じたのは、最近、経済同友会の代表幹事を務める新浪剛史氏が、その可能性を示唆していたからだ。二〇二三年九月二九日の会見で新浪氏は、保険制度について「民間主導の民間が投資していく分野で、国民皆保険ではなく、民間がこの分野を担っていったらどうかと思います」と、制度の民営化を提言した。驚くべきことに、この会見で新浪氏は「病気になってから対症療法するのではなくて、死なない医療だとか病気が悪くなる医療から、元気でいられるための医療に切り替え」る必要があると発言している。「元気でいられるための医療」などという発想は、高所得者や健常者のマジョリティ特権に無自覚であることの証左であろう。すでに病気で苦しんでいる脆弱な人間、医療費が払えず病院に行けない人間は、「保護」されなくてもよいのだろうか。たまたま健康に生まれてきた、あるいはたまたま病気に罹らずに済んでいる、たとえ病気になっても高額の医療費を負担できる金銭的余裕のある人間だけがこのような政策を提言できるのではないだろうか。

私がイギリスで学生だった頃、珍しい感染症の病に罹り、生死の境を彷徨ったことがある。当時お金もなく、しがない学生であった自分が異国の地で生きのびられたのは、ひとえに医療を無償で提供する国民保健サービス（National Health Service、通称ＮＨＳ）があったからだ。虫歯になれば歯医者に行き、風邪を引けばＧＰと呼ばれる地域の医師に薬を出してもらった。若くて健康な自分にかぎって病気になるわけはないと高を括っていると、人間の脆弱性というものをいやというほど思い知らされる。このＮＨＳも創設までの道のりは多難で、そのプロセスにおいては労働党と社会主義医師会の密接な協働があったという研究もある。[*13]

国家が国民の生命維持や生活を守るという福祉を疎かにしたまま、「保護」の名の下に軍事力強化に力を入れても、その言葉には空虚な響きしかない。二〇一四年、集団的自衛権行使に向け、憲法解釈の変更を含めた法整備を行うと安倍晋三元首相が宣言した際には、「朝鮮半島の有事から逃れるために米軍の輸送艦で日本へ帰還しようとする母親とその母親が抱く乳児、母親にしがみついた子」というイメージが示されたが（岡野、一七〇頁）、そもそも「人命の保護」が優先されるのであれば、軍事力を強化するよりも、「核シェルターをと叫びたくな」る、と岡野は言う。なぜなら、「軍事力はあくまで攻撃のためのものであり、万一にでも戦闘となれば、肉で覆われただけのわたしたちの脆弱な身体は一切なんの抵抗もでき」ないからだ（同、一七四頁）。

一九三六年五月に民政党の斎藤隆夫が演説で語った言葉が思い出される。「一部の単独意志によって国民の総意が蹂躙せらるるが如き形勢が見ゆるのは甚だ遺憾千万の至りに堪えないのであります。それでも国民は沈黙し……」[*14]。この演説が行われた年の二月二六日には、陸軍の青年将校らによるクーデターが起き、首相官邸、警視庁、内務省、参謀本部、陸軍省などが襲われ、内大臣の斎藤実、教育総監の渡辺錠太郎、蔵相の高橋是清らが殺害された。二・二六事件である。

狂信的な軍部が引き起こしたこの二・二六事件こそ、野上弥生子が『迷路』を書くきっかけであったとされている[*15]。事件が起こった年の一一月号の『中央公論』に掲載された「黒い行列」が原型となり、翌年一一月号の同誌で続編「迷路」が発表された（宮尾、二七〇頁）。『暴力論』においてジョージ・オーウェルが表象する暴力の分析を行った高原到は、スペイン内戦でオーウェルがファシストに喉を撃ち抜かれて九死に一生を得た一九三七年に、日本軍と中国軍の第二次上海事変が勃発していたことを踏まえ、この中国での動向が「スペイン内戦とともに、ユーラシアの東端と西端で燃えあがった第二次世界大戦へのぬきさしならぬ導火線」であったと、重要な指摘をしているが[*16]、奇しくも弥生子は一九三六年頃から、すでに隣国の中国にも目を向けるようになっていた。

支那ではまた大騒動が生じてゐる。張学良の軍が河西で蔣介石を監禁し、日本に対する即時開戦の宣告を要求してゐるのである。張学良は父の張作霖の敵として日本に対しては深い恨みを含んでゐるので、噂される通り彼が赤軍と協力して日本に対する軍事行動を積極的につゞけるとすれば、事件は種々複雑になるであらう。[*17]

弥生子は世界情勢をイデオロギーや他人の借り物の言葉ではなく、つとめて自分の目で見極め、自分の言葉で言語化しようとしている。日記に中国の情勢を記す際にも、民族主義や国家主義などに囚われることなく客観的な記述に留めていることは注目に値するだろう。また一九三七年九月一二日には、戦争に関する客観的な数字を書き込んでいる。「戦争はます〳〵規模と深刻さを増して行つた。四十万人とか六十万人とかゞすでに動員されてゐるらしい。一日一人の兵士の費用は二十円に見積られてるさうな。（……）それだけの軍費と人間を無駄にして結句なにが＋として残るかを考へると今更に戦争の愚かさに呆れるのみである」（『野上彌生子全集　第Ⅱ期　第五巻』、四〇一頁）。ここには揺るぎない反戦思想とともに、国家の「歳入」だけでなく「歳出」にも目配せする弥生子の批評的態度がある。国家の「保護」とは何かを、曇りない目で見定めようとしているのだ。

4．野上弥生子の『迷路』

『迷路』の主人公、菅野省三はまさに弥生子の反戦思想を体現した人物として描かれている。国内で不穏な事件が起こったときも、同じアパートの中年男性からその知らせを聞いた省三は、「え？　なんです」と言って、まずは起きた事実を確かめようとする。彼は左翼運動で逮捕され、転向し、東京帝大を放逐されていた。「御存じないんですか。大臣が皆んなやられたんですよ。青年将校が兵隊をつれて行って、襲撃したんです」と教えられ、初めて二・二六事件について知る。[*18] 省三は、「不当な暴力は認めたくないし、暴力のうち勝つことも信じたくない」[*19] と、「ナチやファシズム」を徹底的に否定する。

弥生子の全体主義への批判精神はオーウェルのそれに劣ることはない。省三が亡き友人から預かったノートには、間違いなく検閲対象となるであろう軍国主義批判が綴られていた。

僕らは暴力的な軍教に毎日虐《しいた》げられながら、もしほんとうの兵隊なら、銃殺にもなり兼ねない話をひそひそしあった。日本とシナが何故戦争しなければならないか、佐野はその疑いをのべた。国策的に必然性を主張する軍部とその同調者らは、わけても彼らの信念や結論を導きだす政治、経済、外交の分析にたとえ誤りがあろうとも、また紛《まぎ》れなく冒険的な野望に立脚しようとも、とにかく明白な理由を持つ。しかるに戦場に送られる兵士には、出征の命令だけしか理由はない。目的は射ちあい、殺ろしあいである。(『迷路』(下)、三三七頁)

まさに『一九八四年』のウィンストンが秘密裏に綴っていた日記を彷彿とさせる。「彼〔ウィンストン〕のやろうとしていること、それは日記を始めることだった。違法行為ではなかったが(もはや法律が一切なくなっているので、何事も違法ではなかった)、しかしもしその行為が発覚すれば、死刑か最低二十五年の強制労働収容所送りになることはまず間違いない」(『一九八四年』、一五頁)。『迷路』は反戦という断固たるテーマのもと、オーウェルのディストピアを思い出させるような軍国主義の社会を照らし出している。

　さらに弥生子は、左翼運動に関わった省三だけではなく、第二の主人公である多津枝という女性の視点からも、戦時中の全体主義的な風潮をリアルに描き出す。多津枝は省三の幼馴染で、稲生財閥の三男・国彦と愛のない政略結婚をさせられた。彼女は省三と反戦思想を共有し、自分と国彦を取り巻く政財界の人間がいかに戦争から利益を得ているか、その実態について率直に語っている。「〔国彦と会社の人の会話を〕よくよく聞いて見ると、あべこべなんですもの。明るいというのは、日米戦争までたしかにもって行けるというのだし、そのまえに外交の折衝《せっしょう》でかたがつくのが、あのひとたちには暗らいってことになるのよ」[*20]（『迷路』（下）、五七頁）。

　国彦とは対照的に、省三は「肉体的の虚弱も手伝つてなんらの希望ももちえない、と云つてそれほど良心をマメツしてもゐない男」（宮尾、二七一頁）として構想されていた。省三の縁談相手が日本人とアメリカ人の両親を持つ万里子であり、それを偏見なく受け入れるところにも彼の他者を受け入れる倫理観が表れている。戦争が始まり、彼女の出自が縁談の障壁となるが、省三は多津枝の助力を得てそれを乗り越える。共同体の圧力をものともしない「個」の抵抗力を描く弥生子の思想には、のちに彼女の恋人になった田辺元が信じた「開く力」にも通じるものがあるだろう。すでに一九三七年五月二七日に、弥生子は「民族と民族の険しい対立を何らかの方法で和らげることが望ましい」（『野上彌生子全集　第Ⅱ期　第五巻』、三五二頁）と書いているが、[*21]『迷路』の物語後半になるとその主題はより強調されている。

田辺元の『種の論理』について明快な解説を行っている荒木優太によれば、「種とは個（特殊）と類（普遍）のあいだにあって両者を媒介する中間項のこと」であり、「開く力は対立を無化するからこそ開くものたりうる」と、より厳しい葛藤と向き合うことが要求される「開く力」を擁護している。[*22] もちろん「個人が自由な選択・選考に臨む」のは当然である。しかしそれは、「種の限定に制限せられず、かえって逆にこれを媒介として行われ」なければならない（『サークル有害論』、一七二頁）。

種を無視した個の自由は、その無自覚さによって逆に種の圏域に捕縛されてしまう。それぐらい種の支配は強く、徹底的である。ならば、意識的にこれと向き合い、いかに自分が種に縛られていたか思い知ること、つまりは「媒介」を経て初めて自由選択が期待できる。「個の自由意志は種を奪取して、種の限定を逆転し、これを自己の統轄に帰して、自己実現の媒介とする所に成立する」。（同、一七二〜一七三頁）

このように「種の限定を逆転」することを鼓舞する田辺の思想が、偶然ではあるものの『迷路』にも脈々と生きている。省三と万里子の縁談が難航した原因は、「混血児はいかんで」「憎むべき敵のやからの女の生んだ娘」（『迷路』（上）、六一四頁）という種（親戚たち）の支配的な力であった。弥生子は意識的に共同体的な「種」の支配力を描いているといえる。

田辺は「個」と「種」は互いに作用し合うと考えていた。「一の種に属することも個体にとって無記透明なる媒介においてあることには止まらない。その個体の種に対する否定即肯定と共に種自身が新に変化せられることを必要とする」のである。[*23] 集団を意味する「種」は「個」に対して「無記透明」ではありえない。田辺にとって、このような弁証法が重要なのは、それが「体系を否定的に成立せしめるものであるから」だ。「個を否定的媒介においてでなく無媒介的に含む全においては、個は消滅し、従って全もまたその全たる意味を失う」（『種の論理』、四四六頁）。軍国主義に染まっていった当時の日本社会こそ、「無媒介的に含む全」が個を消滅させたというニュアンスが読み取れる。

田辺が「種の論理」に初めて言及したのは一九三四年から翌年にかけて発表された「社会存在の論理」という論文だったというが、それはちょうど「民族主義的、国家主義的な思想が力をもち、言論や思想の自由が大きな制約を受けるようになっていった」軍国主義の時期と重なる。[*24] 国家が有する個人に対する強制力は、「個人がその内から生れ、その中に包容せられるところの、種族的なるもの」（同、三三八頁）に由来し、この種的な社会は個に対してそれが持つ自由意志を抑圧しようとする。「種の盲目的で閉鎖的な統合を「無限全体的なる人類社会の絶対的開放性」へともたらすことが課題」である田辺のこの構想は、最終的に「個が「人類の成員」として――「真の個人」として――生まれること」をめざしている（同、五〇五頁）。個―種―類へとつながるということだ。

この考え方は、まさに地球という惑星こそが〝祖国〟であると考え、全人類的な視座をもつヴァージニア・ウルフの「アウトサイダー」の思想とも共鳴する。ウルフもまた、国家主義的な思想が力を持ち始めるイギリスにおいて、戦争を煽動するための「ぼくはわが祖国を守るために戦っている」という国家主義に異議を唱えている。そして、弁証法的な議論を前提として、「アウトサイダー」(outsider)[*25]が、支配欲に突き動かされる父権的で種的な社会をいかに解放しうるかについて考えていた。「社会の内側にいるあなた」は「富と政治的な影響力」など「あらゆる公的手段」を利用するのに対して、「社会の外側にいる私たち」は別の「私的な」やり方で――それは「創造的」でもあるというやり方で――実験するしかないという(『三ギニー』、一七〇頁)。

ウルフが田辺と立場を異にする点は、「種」と「個」の相克のみならず、「種」に抗する「個の連帯」について考えていたというところである。ウルフは、「社会の外側にいる私たち」という複数形の一人称を用いている。「アウトサイダー協会」と呼ばれる女性の連帯によって、どのようにすれば「戦争を未然に防ぐこと」(同、一五一頁)ができるか思いめぐらせていた。アウトサイダーにとって「「外国人」などというものはいない」のであり、彼女たちは「強制された同胞愛によってではなく人間同士の共感によって、このことが事実となるよう精一杯努力してい」ると主張する(同、一六二頁)。それは、同時に、「人間の精神に催眠術をかけるメダルや象徴、勲章、飾りつきのインク壺」などが持つ「催眠術に身をゆだねないこと」でもある

（同、一七二頁）。**支配欲や地位などのために、「武器をとって戦わないこと」**というアウトサイダーの「第一の義務」（同、一六〇頁）を忘れないことは、ウルフの反戦思想の最たるものである。

「個」と「全」をめぐる田辺の、あるいはウルフの「アウトサイダー」の議論は、国家主義の「全」に対して「個」が消滅させられないための渾身の提言であると言える。東浩紀が『観光客の哲学』で展開している「群れ」に対置させた「固有の存在」の考え方にも近いだろう。

ぼくたちの社会は、女性ひとりひとりを顔のある固有の存在として扱うかぎり、つまり人間として扱うかぎり、けっして「子どもを産め」とは命じることができない。それは倫理に反している。しかし他方で、女性の全体を顔のない群れとして、すなわち動物として分析するかぎりにおいて、ある数の女性は子どもを産むべきであり、そのためには経済的あるいは技術的なこれこれの環境が必要だと言うことができる。[*26]

「女性の全体を顔のない群れ」とみなす「種」のロジックに対して、田辺やウルフが訴えようとしたのは、人間らしさという倫理であろう。東の「帝国はまさに人間を動物のように扱う体制だと言うことができる。帝国は個人になにも呼びかけない」（『観光客の哲学』、一七六頁）という表現は、的を射ている。

5. 戦争文学と女たち

戦争をテーマとした本で女性の「顔」――主体的な女性の姿――が描かれることはほとんどない。しかし、ベラルーシのノーベル文学賞作家、スヴェトラーナ・アレクシエーヴィチは、第二次大戦当時に独ソ戦に従軍した女性兵士たちを取材した証言集『戦争は女の顔をしていない』で、まさにそれをやってのけた。狙撃兵や通信兵として加わった女性のほか、看護師や料理人、洗濯係として前線に赴いた女性たちの内面を剔抉する。この試みがいかに画期的であったかは、他の著名な戦争ルポを読めば分かるだろう。陸軍第六師団の漢口攻略に随行した林芙美子の『戦線』では、日本の女の代表として自らを提示しているが、それによって対照的に男性兵士たちを少なからず英雄化してしまっている。

また、奇しくも一九三八年、『戦線』と同じ年に刊行されているジョージ・オーウェルの『カタロニア讃歌』では、スペイン内戦時代にマルクス主義統一労働党（通称ＰＯＵＭ）のため、自ら義勇軍に志願して戦った経験が綴られている。「ファシスト」の打倒に燃える英雄精神より、むしろ「寒さ」や「虱」、それから物資の欠乏のほうが「敵」であったというシニシズムを語るオーウェルのルポはリアリティがあるが、やはりここにも女性の「顔」は描かれない。咽頭部を撃ち抜かれたときに受けた看護師の手当が簡単に触れられるのみである。そう考えると、逢坂冬馬の『同志少女よ、敵を撃て』が二〇二二年本屋大賞を受賞し、世間に注目されたことは、一条の光明だろう。

『同志少女よ、敵を撃て』は第二次世界大戦時の独ソ戦で最前線に送り込まれたソ連の女性狙撃手、セラフィマの物語だ。この作品が書かれたのはロシア・ウクライナ戦争が勃発するより前だが、読者は必然的に今のロシア対ウクライナやイスラエル対パレスチナの戦争と重ね合わせながら読むだろう。彼女の視点から語られる戦争のリアルな描写は凄惨きわまりなく、民間の女性が犠牲になる現実も描き込まれている。「占領地では、女性は真っ先に犠牲になるんです。敵に屈辱の目に遭わされ、たとえ心に傷を負ってでも、生きるためにそうしなければならない人がいるんですよ！」[*27]。また、敵国の男性との愛によって引き裂かれながら、被害者と加害者、敵と味方の間で葛藤する女性サンドラをはじめとして、女性兵士にかぎらず、さまざまな立場の女性たちの「顔」が活写されている。

　数十年前に書かれた弥生子の『迷路』はどうだろうか。女性たちの「顔」を見えなくしようとする父権的な社会のなかで、それとは対照をなす女性たちの「個」が力強く描かれていることに、今更ながら驚かされる。弥生子の小説に登場する女性たちは、日本帝国の軍国主義によって「子を産む」ことを期待されながらも、**決して個をかき消された存在ではない**。彼女たちは、周りの人間の生活や命――そしてなにより彼女たち自身の精神世界――を「保護」することができる。「保護」されるべき対象として安倍元首相が思い描いていたような女性像は、木っ端微塵に打破されている。

たとえば、産婆の免状を持った鳥子という女性は、「軍部及びその支持者たち」による、「産むこと、殖やすことが励まされ」るような「大陸政策の根本的な理念」に力強い「否定」を示している。「日本の四つだけの島と、それも武器で奪った半島と、もう一つの島だけでは、一億にあまる人間を養いきれない、ということであった。しかもそれ以上の土地を奪おうとするには、奇妙にもより多くの人間が必要とされた」（『迷路』（上）、二五六〜二五七頁）。このような帝国主義的な視座は、確かに女性を「群れ」とみなしている。

そのような「種」の強制力に対峙し、女性の「個」を保護するのもまた女性たちであった。たとえば省三が敵国で出会った盲目の老婆は、娘を守るために、攻撃を受けながらも抵抗する姿勢を崩さなかった。ある家の男たちが娘とその母親である盲目の老婆をおいて家を去るとき、若い女性が兵士に見つかれば強姦されるかもしれないと考え、娘を土間の穴に隠した。老婆はさらにその窖《あなぐら》の蓋となる石に腰かけ、娘を危険から守ろうとしていたのである。省三の仲間の兵士たちは、老婆を「あざ笑」い、それと「いっしょに突きだされた手は、老婆のしなびた小さいからだを、向うの壁際までとばした」（同（下）、四一九頁）。しかし老婆は、身体を突き飛ばされても「かさかさと細い鶏の脚めいた両手で〔石を〕抱えあげ、もと通り寸分たがわぬ置き方で穴の蓋をしてから、またもと通り石のうえに腰をかけた」のである（同、四二二頁）。

老婆は「さっきよりなにか厳然と見えた」だけでなく、省三は「老婆の見えない眼」が彼を「見ている」と感じるのだった。

この老婆の迫力は「盲いた両方の眼がくゎっと見ひらかれ、らんらんと睨みつけそうな気がし」たと省三が感じるほどである。彼は、「衝動的な素早さで土間から飛びだした」(同前)。これはおそらく弥生子の言葉で表現すると、省三の「良心」が生じさせた行動だろう。また、多津枝も、「愛国の精神を失って」(同、二三三頁)いないか取り調べる特高に対して、決して媚びたり、折れたりすることのない強靭な精神の持ち主である。

父権的な軍部の一部と化した兵士たちは「種」の支配下において無自覚のうちに、夥しい数の命を、ときに味方の命さえ奪う。その一方で省三は、種的社会の強制に必死に抵抗しようとしている。ある日、「皆さん、無駄な戦争はやめましょう」という文から始まる反愛国的なビラが発見され(同、五四八頁)、その嫌疑が省三と同じ隊に属する陳というシナ人にかけられた。「衆人環視のまえで、彼(省三)が陳の首を打ち落さなければならない。人間は場合でどんな非道な真似もしかねないのは、知っている。でもこれほどの無慙《むざん》は、生まれて今日まで耳にした覚えがなかった」。「軍隊の組織の基盤をなす非人間性の肯定」を逃れるため、省三は脱走を企てる――「脱走はいま省三に課せられたただ一つの方法」であった。省三は、「種」の命令に最後まで屈しなかったのだ(同、五六六頁)。

弥生子の作品は、なぜ現代においてもまったく古びていないのか。それは、「個」がどんどん画一化されていく社会の根幹に父権的なものが潜んでいることを浮かび上がらせた作家だからだ。テイラー・スウィフトが「ザ・グレート・ウォー」で男女の修羅場を戦争に喩えたように、弥生子も『迷路』において、**男女間の関係を「政治的なこと」として二国間の関係であるかのように表現している。**たとえば、「国彦と多津枝のこの頃の生活は、国境を接して隣りあい、権利、名誉、利害、得失には敏感であっても、干渉や侵略はどちらからもしない二つの国に似ていた」「これらは、一般の夫や妻は何十年とかかって辛うじてつくりあげる状態であるが、ふたりは結婚のそもそもから、この密約を暗黙のうちにとり交わしていたといえなくはない」(同、二四六〜二四七頁)というように。「国彦の変化は、国と国との条約破棄がたいてい暴力を伴うように、つねとは別人のように専横で、征服的でもあった」(同、二四七頁)。多津枝は結婚生活において、征服的である夫と家庭に閉じ込められてしまう苦しみを味わっていた。

6. シルヴィア・プラスの『メアリ・ヴェントゥーラと第九王国』

プラスは代表作『ベル・ジャー』の他に短編も書いているが、それらは詩では十分表現しえなかった女性の自立の物語である。『メアリ・ヴェントゥーラと第九王国』を訳した柴田元幸は、この本の「訳者あとがき」で『ベル・ジャー』について、「冷戦構造における政治的力関係の犠牲者と、父権的社会の中で抑圧される女性」[*28]があえて重ねられているのではないか、と書いている。「種」の強制力が女性に強く作用していた時代に、プラスは、「個」が「種」に搦め捕られないような物語を模索していた。

　プラスがスミス・カレッジ在学中に創作科の授業で書いた短編「メアリ・ヴェントゥーラと第九王国」には、種の強制力の恐怖、そしてそこから解放されるために女性が奮い立たせなければならなかった勇気がドラマチックに描かれている。主人公のメアリは母親のミセス・ヴェントゥーラに「さあ、急ぐのよ」と急きたてられ、汽車に乗る。[*29]両親から離れて汽車に乗ったメアリは編み物をしている女性に出会う。彼女は汽車のことはなんでも知っていて、チョコレートを買ってメアリにくれたと思えば「でも忘れちゃ駄目よ、代償は払うのよ」と警告し（「メアリ・ベントゥーラと第九王国」、二二頁）、メアリの目的地である「第九王国」については「知らない方が幸せなのよ」「いったん着いてしまえば、そんなに悪くないし」と言う（同、二六頁）。それは女性の人生の「目的地」とされている「結婚」を寓意的に表しているようだ。

　この短編のクライマックスでは、メアリはついに脱走計画を実行する。目的地には「全然行きたくなんかなかった」という意志を示したメアリに対し、編み物の女性は「あなたは帰らないことを選んだ。そしていま、あなたにできることは何もない」と、そっとメアリの背中を押すような言葉を発している。メアリはそのとき、「いいえ、あるわよ！」と「個」の力を発揮する。「できること、まだあるわよ！　何としてでもあたしは降りるのよ、まだ時間があるうちに。非常停止の紐《ひも》を引くのよ」と、メアリがいうと、女性は笑って「これでチャンスが出来たわ」とささやいた。この路線をよく知っている女性は「第七王国」に到着すれば、「脱出するチャンス」がめぐってくるとメアリに教える（同、二八〜二九頁）。

メアリは身を翻し、そっちをめざして走り、足音が石壁に反響してあちこちに飛び交った。肋骨《ろっこつ》の下に息が引っかかり、胸が締めつけられるように痛んだ。叫び声はさらに大きくなった。

「見ろ！　若い女だ。逃げるぞ」

「つかまえろ、早く！」。赤い光がうしろで水のようにこぼれ出て、ぐんぐん迫ってきた。

（同、三二頁）

汽車に残る人たちの「顔はどれも退屈そうで、死体のように生気がなく、個性もなかった」。一方、メアリは自身の「個性」を守るために必死に逃げている。そしてメアリは脱出に成功する――「自由になったのだ」。彼女がたどり着いたところは、「春」で、「いくつもある木箱に白いバラや水仙が並び、緑色の葉っぱが輪になって垂れてい」た。そこには「茶色いコート」を着た女性が「花々を母親のように見下ろしていた」（同、三三〜三四頁）。汽車で助力してくれた女性が、真の「母親」としてメアリを待っていてくれたのだ。

「個性」が消滅させられそうな状況から、人間はどう立ち直るのか。ＳＦ小説、特にＡＩと人間の物語からそれを考えるとき、「人間らしさ」とは何かという問いはより切実になるだろう。西島伝法の「堕天の塔」は、まさにそのような作品である。

「堕天の塔」は、「月」の発掘作業中に事故が起き、作業員たちを乗せた作業塔が「大陥穽」と呼ばれる穴に向かって落ちつづける物語だ。作業員のひとりである少女ホミサルガは、仲間たちとともに落ちつづけながら、なんとかこの状況を打開しようと試みる。

この「旅」の同行者は、プラスの短編とは異なり、人間ではなく、「モリ（緊急保存パック）」と呼ばれる人格を保存する装置である。この日、ホミサルガが携帯していたモリはお喋りで、ホミサルガに関するいろんな「自分」の可能性を投げかけてくる。「〝もう遠い昔のことだけど……僕たちは、システムから階層都市じゅうへ派遣された地図測量師だったみたいだよ〟」。すかさず、ホミサルガが「僕たち？」と問いかけると、モリは「〝大勢の僕なんだ〟」と答える。[*30] 階層都市を巡り歩いた地図測量師たちの記憶をいつまでも話しつづけるモリのお喋りは、最初は退屈に思われたものの、次第に大切な教養としてホミサルガの内面に取り込まれていく。

「階層ごとの建築様式や集落の生活の違いが窺えるようになってきて（……）極限的な日々の営みを支える創意の豊かさに惹かれ」ていく（「堕天の塔」、二二一頁）。「堕天の塔」は、創作というプロセスの根源的なテーマを扱っているとも読み取れるだろう。

それでは、ホミサルガという少女はいったい誰なのか。モリもＡＩの一種であるといえるが、ホミサルガもまた、おそらく人間ではない。それは、アマサーラという仲間が表す「代理構成体」や、珪素生物が使う「ダミー」という言葉からヒントが得られるだろう。飛浩隆の『グラン・ヴァカンス』という、コンピュータ・プログラムを人間の姿かたちに実体化させたＡＩの住人たちの物語にも、同じような少女が描かれている。彼らが暮らしている〈夏の区界〉は、人間のゲストのために設計された仮想リゾート空間だ。人間の訪れが絶えて一〇〇〇年、ある日突然巨大な蜘蛛の大群が街を襲う。彼らは偽物の空間に住む、偽物の人間たちだが、少女ジュリー・プランタンをはじめとして、特別な才能や個性を持った住人たちは、蜘蛛に立ち向かっていく。「堕天の塔」のホミサルガは、『グラン・ヴァカンス』で描かれているような壮大なスケールで繰り広げられるＡＩの住人たちの物語を想起させる。突然現れる珪素生物と戦わなければならないホミサルガは、巨大な蜘蛛と戦わなければならない少女ジュリー・プランタンと重なる。

飛も、酉島も、実体のない人間細部を書き込むことによって「現実感」を与えている。読者は、〝自分は誰なのか〟を探求する彼女たちの旅の物語を――たとえそれが偽物の人間たちによって語られていても――リアルで真に迫るものとして感じられる。珪素生物との戦いを終えたホミサルガは、「半数近くも個性消滅してしまって……」（同、二二二頁）という仲間の声を聞いて、ここにきてようやく、自分たちが「個性」を守るために戦っていたことに気づく。最後に、ホミサルガは、父親に「なあ、クノワ」と呼び掛けられて、長い夢から覚める。クノワはホミサルガとなって戦っている夢をみていたのだ。

なあ、クノワ。旅に出たいと言ったのはおまえだぞ？　いつも家から出たがらないおまえがそんなことを言い出したもんだから驚かされたが（同、二二六頁）

7．「傷ついた人」の想像力

『君たちはどう生きるか』のテーマでもある少女の戦いは、すでに日本の優れたＳＦ作家たちによって主題化されていた。しかも、酉島は、ホミサルガ／クノワという両性具有的な少女／少年を描いていたのだ。自分のことを「僕」と形容していたモリと少女ホミサルガは、同時に少年クノワでもあった。宮﨑駿が少女のアニメを多く描いてきたことは、クノワがホミサルガの夢を見ていたことと重ねて考えられるかもしれない。神話や伝承には、生と死の境界線が曖昧になる物語が多くあり、特にプラスが好むペルセポネー／ケレス神話は、３章でも触れたように、「依存」を前提とした人間関係を描いている。[*31] 傷を持つ花嫁ペルセポネー（娘）が母親に助け出される物語と、『君たちはどう生きるか』において母の助力によって救われる眞人

（息子）や、「下の世界」に降りる夏子（眞人の父の花嫁）の状況はそれぞれ異なるが、フォークロア的には「下の世界」は「冥界」と捉えられるかもしれない。人間として生まれてくる魂（ワラワラ）が螺旋状に昇っていくようすを描いた宮崎は、おそらく冥界的なイメージを持っていただろう。

「傷」を抱えた人間が異界、あるいは冥界と邂逅する物語は伝承《フォークロア》によって長く語り継がれてきた。能楽師の安田登はそのことを見事に論じている。能は、幽霊や精霊、あるいは神などの**異界の存在を演じる「シテ」**と、「過去から現在、そして未来へと続く数直線的な時間」を生きる**此界（現実世界）の人物「ワキ」**で構成されるが、安田によれば、「シテの時間はまったく違」い、「永遠の彼岸に生き（死に）、かつどの時間の、どの地平にも出現し得る」[*32]。先述した通り、『君たちはどう生きるか』の眞人の母は冒頭で亡くなるが、父は妻の死を悲しむそぶりは一切見せず、妻の妹を後妻に迎えている。眞人が東京から夏子のいる地方に疎開するときには、彼女はすでに赤ん坊を身ごもっている。

安田によれば、眞人も軍需工場の経営者で戦争成金と呼べる父親も、そして父の再婚相手である夏子も、現実世界の住人（＝ワキ）であるが、夏子と彼女を連れ戻そうと追いかけた眞人は、「能と同じく異界と邂逅してしまう」。「異界」の住人（＝シテ）であるのは、「下の世界」を創造した眞人の大伯父と、そこで生きる少女ヒミだ。ヒミは『魔女の宅急便』のキキのように、魔法のような力（火を操る能力）を持っている。実はヒミは、眞人の母・ヒサコの若い頃の姿であった。ヒミは「下の世界」の交錯する時間のなかで、未来に自分が産む息子である眞人に出会い、彼が現実世界に戻れるよう助力する。安田が指摘するように、火を使って弱者を助けようとする「ヒミ」の名には「卑弥呼」や「火の神子」という寓意が込められているだろう（安田、八八〜八九頁）。興味深いのは、ワキである眞人が異界と接続できた理由について、彼が大伯父の血縁であるからということもあるが、安田によれば、彼が「此界」と「異界」の「あはひ」に生きる者だからと説明される。

ワキが、異界と接続し、シテで出会うのは、彼が此界と異界の「あはひ」に生きる者だからだ。そしてそれは彼が「傷ついた（wounded）人」であることに由来する。病、障碍、貧困、あるいは人生における傷や痛みなどの「傷」を抱えたときに、此界の住人であるワキは異界と接続する資格をはじめて持ち得る。（同、八九頁）

夏子は、「つわりによって「傷ついた人」とな」り、眞人は「自身を文字通り傷つけることによって「傷ついた人」となる」（同、九〇頁）。眞人は疎開先の学校で同級生たちと喧嘩になり、その後自傷によって激しく流血するほどの大怪我を負った。心ない生徒たちが眞人を取り囲んで虐める場面は、ある意味当時の日本社会の縮図ともいえる。ダットサンを見せつけるようにしながら息子を学校に送り届ける眞人の父親の権威主義的な態度に反感を持った男子生徒たちは、暴力の矛先を息子の眞人に向けるのだ。眞人は、この「人間を動物のように扱う」共同体、あるいは「種」に属することを拒否する。それは——自分に大怪我を負わせるという——命を賭する行為によって実行される。このことによって、疎開先の共同体（種）から離脱し、代わりに大伯父が創造した「下の世界」に足を踏み入れる。

「下の世界」にも弱肉強食の関係は存在するが、この世界を支配する大伯父は楽園とも呼べる長閑で平和な空間に暮らしている。大伯父は眞人に自分の後継者として「下の世界」に留まり、この世界の均衡を保ってほしいと伝える。つまり、眞人には現実世界に戻るか、「下の世界」——ある意味では、宮﨑のアニメーションのようなファンタジー世界——に残るか、という選択肢が与えられる。

傷を抱えた眞人や夏子が「下の世界」に行くことができたように、ヴァージニア・ウルフも、父権的な社会から距離をおくことができるのは、病人、すなわち「**横臥者**」（傷を持つ者）の専売特許であると考えていた。エッセイ「病気になるということ」では、女性を抑圧するような父権的で、健常的な人間を「**直立人**」と表現しながら、横臥者がいかに想像力を駆使して、別の世界を見ることができるかを「健康なときには意味が音を侵食し（……）知性が五感を支配している」という言葉で表している。病気のときには権威主義的な「警察も一休み」で、支配欲から解き放たれ、芸術の想像力へといざなわれる。「マラルメやダンの難解な詩や、ラテン語やギリシャ語のフレーズの下に潜りこむと、言葉は香りを放ち、美味しそうな匂いを発する」[*33]。

ウルフの代表作『ダロウェイ夫人』では、「傷」を持つ者である帰還兵のセプティマス・スミスに対し、彼を治療しようとする精神分析家のブラッドショーが、まさに権威主義的な態度で接する「直立人」の典型として描かれている。ウルフ自身も人生で何度も病に罹っているが、彼女は「横臥する」人間ならではの想像力、「率直な物言い」、繊細な感受性を駆使し、文章を書いた。

病気になると、こうした見せかけはおしまい。ただちにベッドに横になるか、椅子にいくつも枕を置いて深々と座り、もう一つの椅子に両脚を載せて地面から一インチばかり引き上げる。そして私たちは直立人たちからなる軍隊のしがない一兵卒であることをやめ、脱走兵になる。直立人たちは戦闘へと進軍していくけれど、私たちは棒切れと一緒に川に浮かんだり、芝生の上で落ち葉と戯れたりする。責任を免れ利害も離れ、おそらくは数年ぶりで周囲を見わたし、見上げる――たとえば空を[*34]。

戦時中に女性が感じていたであろう「妻・母」にならなくてはいけないという社会の圧力、また健康な男性は軍隊に入隊しなければならないという国家の強制力は、国家が（比喩的な意味でも、文字通りの意味でも）「兵士」を量産していった状況を物語り、当時軍国主義に傾いていったイギリスの様子を反映している。それができない人たちは、弥生子が描いた省三のように**「脱走兵」になるしかなかった**。

プラスの最初期の短編「メアリ・ヴェントゥーラと第九王国」では、「結婚」よりも「自立」を選びとろうとしたプラス自身が寓意的に描かれていると言える。しかし、その後、渡英したプラスはケンブリッジ大学に在学中、夫となるヒューズと出会い、「テッドへのオード」（Ode for Ted, 1956）や「ペルセポネーの姉妹」（Two Sisters of Persephone, 1956）という詩を綴り、これらの作品では明らかに「自立」のテーマが影をひそめている。「結婚」はもはや否定的には描かれておらず、むしろ肯定されているようにさえ感じられる。田辺の「種」のロジックに照らして考えてみると、闘争／逃走しない「個」はそれでも幸せそうだ。「ペルセポネーの姉妹」の詩では、二人に分裂したペルセポネーのうち、一人は部屋にこもって計算機で問題を解いているうちにやつれて死んでいく一方、もう一人は「ポピー」の花畑のそばで男に惑わされ、「太陽の花嫁」となり「王」を産む地母神的な女性となる。現代的な文脈に置きかえると、一人は「キャリア女子」をめざすも貧困で倒れ、もう一人は専業主婦になって子どもを生むというストーリーだろうか。もちろん、スウィフトの歌詞にもあったように、ポピーは戦死者を悼む花であり、「死」そのものを象徴する。やはり両義的である。しかし、プラスはここで、冥界（死の世界）に連れ去られるペルセポネーを待ち受ける「結婚・子産み」を祝福しているのであろう。とはいえ、プラスは実際に結婚した後に、詩人としての自己と妻や母としての自己の間で葛藤することになる。

　プラスの苦しみに思いを馳せるとき、『君たちはどう生きるか』は夏子の物語としても浮かび上がってくる。彼女は、妊娠のつわりだけでなく、新しく息子になる眞人に没交渉の姿勢を見せられ、妻・母であることの苦しみから一度は現実世界から逃れる。その後、「下の世界」で息子と本気で向き合い、和解を果たし、最後にはケアラーとしての自身の役割を引き受けるために戻っていく。私は、テイラー・スウィフトが「ザ・グレート・ウォー」の中で「ポピー」の花を寓意的に用いているのもやはり両義的なのではないかと思う。かつて何人もの恋人に裏切られ、傷を負った彼女が、なんとか現在維持している関係性を言祝ぎ、戦争ではなく平和を求めているように感じる。

　それは、最初から戦わなかったという意味ではない。スウィフトの衝撃的なＭＶ「ルック・ホワット・ユー・メイド・ミー・ドゥ～私にこんなマネ、させるなんて」（Look What You Made Me Do, 2017）や「ザ・マン」（The Man, 2020）に度肝を抜かれた人も少なくないはずだ。「ザ・マン」では自らトキシック・マスキュリニティ全開の「男」として出演して、皮肉やウィットに富んだ歌詞で女性のステレオタイプを打破しようとした。また、「ルック・ホワット・ユー・メイド・ミー・ドゥ」には、それまでの可憐で健全なスウィフトのイメージを一掃する、「ゾンビ・テイラー」が現れる。オープニングでは、「ここにテイラー・スウィフトの評判が眠る」と刻まれた墓石とゾンビと化したスウィフトが登場するが、このＭＶが話題になったときも、生まれ変わった、新しい「パワフルな」スウィフトが綴る歌詞とプラスのショッキングな言葉の羅列との類似が指摘されていた。[*35] 確かに、スウィフトもプラスも従来の女性観を受け入れつつも、それに抗う態度も見せている。

こうして野上弥生子の渾身作『迷路』を熟読し、そのあとでプラスやスウィフトの詩／詞を読み直してみると、ヘテロセクシュアルな女性にとって、父権的なものへの「抵抗」と家族や恋人への「愛」がいかに激しい葛藤を生み出すかを思い知らされる。フェミニストとして生きようとする自分と夫や家族をケアしようとする自分との間で折り合いを見つけられずに苦しむのである。私自身も二〇年ほど前に結婚してから、夫婦の間で「グレート・ウォー」が何度も繰り広げられてきた。停戦状態に入ってから久しいが、それは対話する糸口を互いに見つけることができたからである。どちらが正しいかという正義論に終始すれば、戦いは再燃するだろう。互いを慮る気持ち――ケア――があるのみである。そして最近は、自分のこういった「個人的なこと」が、ジェンダーを研究する一学徒として取り組む「政治的なこと」に大きく影響していることを実感している。女としての「個」は父権的なものの「種」を媒介しながら、それらが自分の中に共存し、息づいて葛藤しているからこそ、プラスやスウィフトの詩／詞がようやく分かり始めている。

プラスの短編に描かれるメアリの「旅」の物語は、両親に敷かれたレールを走ることを拒み、逃走することで抵抗する「自分」を発見するが、酉島や宮﨑が綴る冒険物語も、やはり少女／少年が戦い、逃走することで現実の世界と折り合いをつけるエンディングになっている。眞人に疎開先の現実から「脱走」する口実を与えるのは新しい母親の夏子の逃避であり、「下の世界」からの「脱走」を助力するのは実の母親のヒミ（ヒサコ）であり、そこには幾重にも神話的、フォークロア的な要素が折り重なっている。そして、ＳＦ小説やアニメ特有の少女の可塑性というものが、ホミサルガ、ジュリー・プランタン、ヒミたちに特殊な力を与えており、これらの物語がいずれ次なるフォークロアとして語り継がれるであろうことを予感させる。

「メアリ・ヴェントゥーラと第九王国」の最後でメアリが「母親」を象徴する女性と邂逅する場面では、ペルセポネーとケレスの再会場面を想起させるような、春に芽吹いたみずみずしい植物が印象的に描かれている。彼女は階段を駆け上がる。「上がっていくにつれて段がだんだん広く、滑らかになり、空気はだんだん薄く、明るくなっていった。徐々に広くなって、やがて、どこか前方から、時計台の鐘の、澄んだ、音楽のような響きが聞こえてきた」（「メアリ・ヴェントゥーラと第九王国」、二三三頁）。父権的なものから逃走し、期待に胸を膨らませ、未来に駆け上がっていくこのイメージは、プラス自身を多幸感で包んだことだろう。そこから彼女は文壇の世界に羽ばたき、私を含む多くの読者に力を与え続けている。

おわりに――ネガティヴ・ケイパビリティに憧れて

本書を書き終えて痛感したのは、声を上げない女性はしばしば誤解されるということです。自分の思いを伝えることなく、他者の声に追随する女性というのは、周りからは、苦しみも、不満もないと思われてしまうことがあります。しかし、彼女たちには本当に「声」がないのでしょうか。スカーレット・オハラのような女性であれば、もちろん声を上げられるとは思いません。しかし、苦悩しながらも、自分の声を殺してしまう女性の方が意外に多いのかもしれません。本書では、野上弥生子の他に、『英子の森』の高崎夫人、『エブリシング・エブリウェア・オール・アット・ワンス』のエヴリン、『傲慢と善良』の真実、『年年歳歳』のイ・スンイル、『欧米の隅々』を書いた市河晴子、『君たちはどう生きるか』の夏子といった女性たちを取り上げましたが、彼女たちの物語からもこのような苦しみをうかがい知ることができます。

弥生子は、九州の臼杵市で育つ過程でも、それから上京して豊一郎と結婚してからも、しばしば声を奪われる経験をしました。弥生子の小説のなかの様々なタイプのヒロインたちは、彼女自身が塗炭の苦しみを経験したことで、はじめて、血の通った、存在感ある人間として描けるようになったのかもしれません。弥生子は〝抵抗する〟ことのできるアルファ・ヒロインたちを描くこともあれば、声が上げられないベータ・ヒロインたちがいかに〝抵抗できない〟かを訴え、その弱さの物語を語ることもあります。

本書の第一章で触れたオースティンの『高慢と偏見』の翻案小説『真知子』では、ヒロインの曽根真知子は眩いばかりの存在感を放ち、自らの声を響かせています。しかし、弥生子は声を上げられない米子と、彼女に寄り添う真知子の連帯に光が当たるように描いています。「父親と三人の娘」では、タイプの異なる姉妹が生き生きと描かれ、なかでも、〝抵抗できない〟三女の元代は、世渡り上手の姉玉子と同じくらいの魅力を放っています。

物理的な「声」が奪われていても、心の裡にまったく何の葛藤もないというわけではないと主張し続けているのが、ケアの倫理を提唱したキャロル・ギリガンです。それが明快に論じられているのが、『抵抗への参加　フェミニストのケアの倫理』(*Joining the Resistance*, 2011)で、彼女は家父長制に抵抗する少女たちを研究対象としています。ギリガンは、この研究において、少女がたとえどれほどつらい状況に追い込まれていても、社会に陽気さや無垢さを押しつけられてしまう問題を浮かび上がらせています。いかなる運命にも嬉々として従う女性を形容する言葉が「ポリアンナ」です。エレナ・ホグマン・ポーターによる『少女ポリアンナ』の物語で有名なポリアンナの「よかった探し」によって「ポリアンナ効果」という心理学用語まで生まれました。[*1]

ギリガンは、「ポリアンナ」のようにふるまうことを拒否するアンナという少女に注目しています。

…彼女〔アンナ〕は、「ポリアンナが」――と、よい女の子の典型としてポリアンナを引き合いに出してこう話す――「問題に直面しているのに……人生はバラ色だと考えるのは現実的じゃない。ぜんぜんリアルじゃない……ポリアンナみたいな子がそばにいたら虫酸《むしず》が走ると思う*2

もちろん周りの人たちをケアし、気を配ることは尊いですが、女性たちがいかなるときも笑みを湛えながら自己犠牲的に奉仕しているはずはありません。抱えきれないほどの負担で押し潰されそうなときは誰かに理解してほしいに違いありません。そんなときでさえ、なんでもないふりをしなければならない「ポリアンナ」というのは、虚構《フィクション》でしかないと思います。

そんな虚構を作り上げてきた家父長制社会から逸脱してきたのが魔女です。しかし、彼女たちは性規範から外れたり、声を上げたりすることで社会から排除されました。そのために「悪」であると認識されてきたのです。魔女たちにはもちろん陰の側面もありますが、陽の側面もあります。そのことを表したのが、弥生子の「山姥」であり、そこには西洋で培われてきた魔女文化への敬意が表されています。「沼ガール／ラブストーリー」の魔女、『愛の妖精』のファデ婆さん、『ワンダヴィジョン』のワンダ、『白鶴亮翅』のベッカーさんたちも、魔女の系譜に連なっています。魔女たちは必ずしも「闘う」「抵抗する」ことの象徴だけではありません。暴力が支配する社会において、魔女たちは生命の脆弱性を補う役割も担ってきました。『水星の魔女』のプロスペラが所属していたGUND医療は人間の身体の弱さを補完するためのものです。弥生子の反戦思想の結晶でもある『迷路』にも、脆弱な人間の生命を傷つけてはならないという強い信念が貫かれています。

たしかに、野上弥生子は結婚し、子どもを産み、その生命を育みながら、作家生活を送りました。夫の豊一郎と死別するまでは妻として、子どもたちが巣立つまでは母としての役割を引き受けました。ベータ・タイプとみなされる弥生子は、自分の欲求により忠実に生きたアルファ・タイプの伊藤野枝や他の『青鞜』の女性たちとはやはり受容のされ方も異なります。弥生子が、いわゆるフェミニストとして研究されたり、メディアで取り上げられたりすることはほとんどありません。それでも、私はその生きざまや彼女が紡いできた物語から、伊藤野枝に勝るとも劣らないフェミニズムの魂を感じ取っています。

声を上げないままケア実践に従事する女性がポリアンナ的と思われてしまう問題は切実です。私たちも、知らず知らずのうちに女性には「家庭の天使」の物語、少年には「冒険物語」という風に、偏った心の癖をつけてしまうことがあります。少年でもなかった私が和歌山からイギリスへ冒険の旅に「翔びたつ」ことができたのは、ひとえに、両親がそういう家父長制の物語と闘ってくれたからだと思います。専業主婦になり、子育てに多くの時間を捧げた母でさえ、その闘争に加わることを躊躇しませんでした。そんな母にいかなる葛藤があったのか、私には想像できません。今でも驚くしかないのですが、イギリスでの留学を終えて、帰国した私の話を嬉しそうに聞いてくれたのは母でした。今も、私がどんな仕事をしているのか、どんな人たちと出会い、学んでいるのか、何時間でも聞いてくれるのも母です。娘が「翔びたつ」ことを共に喜び、支えようとした母は、数年前から病気になり、一人では苦悩を抱えきれなくなっています。今、遅ればせながら、母の声を聞いています。

私は母のなかに、高崎夫人、エヴリン、真実、イ・スンイル、市河晴子、夏子、そして弥生子たちを含むすべてのベータ・ヒロインの姿を見出しています。他者と心を通わせることに長け、他者の声に耳を傾けることのできる母は、いつも自他の境界線上で立ち尽くしています。何が「正しい」のかという結論を即座に出さず、逡巡し、迷い続け、他者と共に最善の道を粘り強く模索しようとするのです。これこそが、イギリスの詩人ジョン・キーツが「短気に事実や理由を手に入れようとはせず、不確かさや、神秘的なこと、疑惑ある状態の中に人が止まることができるときに表れる」と説明したネガティヴ・ケイパビリティです。[*3]

他者と衝突が起きたときにこそ、この力が発揮されなければなりません。しかし、対話の努力が実を結ぶには膨大な時間がかかり、利益追求型の新自由主義社会においては好ましい選択肢とはみなされないのです。戦争は、迷いのない人間が暴力で問題解決を図ろうとする営為です。今、ガザで起きている戦争では、自分たちの「正しさ」だけを守ろうとする為政者たちが、あまりに多くの人の生命を犠牲にしています。だからこそ、「不確かさや、神秘的なこと、疑惑ある状態の中に人が止まる」ことができるのは、かけがえのない人間の力であり、決して手放してはならないと思います。

今回、『群像』で連載を続ける上で、大西咲希さんには多大なご助力をいただきました。私の粗削りの原稿を、毎回、時間も労力も惜しまず、改善に導いてくださり、そのケア精神に感銘を受けました。ありがとうございました。また、この連載の書籍化をご担当下さった堀沢加奈さんにも、心からお礼を申し上げます。アルファ女の殻を破りたい、もっとケアの倫理やネガティヴ・ケイパビリティの力を養いたい、そんな私の心の声を聞き届け、『ケアの倫理とエンパワメント』『ケアする惑星』に引き続き、今回は『翔ぶ女たち』を自由に書かせてくださった戸井武史編集長には本当に感謝しかありません。

本書は、母の存在がなければ、そもそも書くことはできませんでした。女性が声を上げられなかった時代、自分のキャリアを諦め、家庭に入り、そして父の英語学校を支えることで私たち姉妹の〝冒険したい〟という夢をかなえてくれた母に心から感謝しています。

二〇二四年三月

小川公代

巻末注

はじめに

＊1 Kimiyo Ogawa, "Austen's Belief in Education: Sōseki, Nogami, and Sensibility," eds. Cheryl A.Wilson, Maria H.Frawley, *The Routledge Companion to Jane Austen* (Routledge, 2021).
＊2 Kimiyo Ogawa, "Nogami Yaeko's Adaptations of Austen Novels: Allegorizing Women's Bodies," eds. Alex Watson, Laurence Williams, *British Romanticism in Asia: The Reception, Translation, and Transformation of Romantic Literature in India and East Asia* (Palgrave Macmillan, 2019).

1章　言葉の森を育てた女たち

＊1 松田青子『英子の森』（河出文庫、二〇一七年）、三四頁。
＊2 「松田青子さんに聞く、小説・翻訳との向き合い方と自選の書3冊」『家庭画報.com』（二〇二一年五月一八日）https://www.kateigaho.com/article/detail/106343/page2
＊3 レジー『ファスト教養　10分で答えが欲しい人たち』（集英社新書、二〇二二年）、八頁。
＊4 谷川俊太郎『人生相談　谷川俊太郎対談集』（朝日文庫、二〇二二年）、二四〇～二四一頁。
＊5 『ファスト教養』を読むかぎり、インタビュー対象者であるビジネスパーソンたちが「男性」であると断定はできないが、「ビジネスパーソン」というニュアンスから、AさんやBさんが非正規雇用ではない比較的収入が安定した地位、あるいはある程度特権的なポジションにいると仮定している。
＊6 アンジェラ・マクロビー『フェミニズムとレジリエンスの政治　ジェンダー、メディア、そして福祉の終焉』（田中東子、河野真太郎訳、青土社、二〇二二年）、一一九頁。
＊7 シンジア・アルッザ、ティティ・バタチャーリヤ、ナンシー・フレイザー『99％のためのフェミニズム宣言』（惠愛由訳、菊地夏野解説、人文書院、二〇二〇年）。
＊8 マイケル・サンデル『実力も運のうち　能力主義は正義か？』（鬼澤忍訳、早川書房、二〇二一年）、一五

四頁。

＊9 西森路代「批評が、私たちを一歩外に連れ出すものだとしたら」『文藝』二〇二三年春季号（河出書房新社、二〇二三年）、二一四頁。

＊10 KUNILABO主催のブックトークイベントで、新訳の優れた特徴をいくらか解説させていただいた。たとえば、旧訳では、“care”は「思いやり」、“narrative”は「物語」と訳されていたが、新訳では「ケア」と「ナラティヴ」という訳にそれぞれアップデートされていた。あとがきで説明されているように、「ケア」というカタカナの言葉は、一九九五年の阪神・淡路大震災以降に「「ケア」の語が浸透・定着したと判断して」、その意味変容に留意しながら「ケア」と訳したとある。また「ナラティヴ」という訳への変更も、重要な意味を持つだろう。「物語」（＝ストーリー）とは、ある人の中で完結する物語であり、「語る人」と「聴く人」に立場は分けられるが、「ナラティヴ」は、誰かの「ストーリー」という意味ではなく、聞き手も関わって作られていく関係性を孕んだ物語である。臨床心理学の領域から生まれた対話重視の「ナラティヴ・アプローチ」が広がった一九九〇年代以降には「ナラティヴ」という表現が定着しており、新訳でこのような判断がなされたことに敬意を表したい。旧訳の「それに失敗した人間関係の**物語**（中略）は（中略）語られてきました」（六六頁）が、新訳では、「うまくいかなかった関係性の**ナラティヴ**（中略）が語られてきた」（一二七頁）と訳されている（いずれも強調引用者）。キャロル・ギリガン『もうひとつの声　男女の道徳観のちがいと女性のアイデンティティ』（岩男寿美子監訳、生田久美子、並木美智子訳、川島書店、一九八六年）とキャロル・ギリガン『もうひとつの声で　心理学の理論とケアの倫理』（川本隆史、山辺恵理子、米典子訳、風行社、二〇二二年）をそれぞれ参照のこと。

＊11 「キャロル・ギリガン『もうひとつの声で　心理学の理論とケアの倫理』刊行記念オンラインセミナー」（登壇者：川本隆史・岡野八代、司会：山辺恵理子、二〇二二年一一月二五日）https://store.kinokuniya.co.jp/event/1666147713/

＊12 その関連でいうと、『99％のためのフェミニズム宣言』は早々と翻訳されていた（原著が二〇一八年、邦訳書が二〇二〇年に刊行されている）。

＊13 ジョアン・C・トロント著、岡野八代訳・著『ケアするのは誰か？　新しい民主主義のかたちへ』（白澤社、二〇二〇年）。

＊14 エヴァ・フェダー・キテイ『愛の労働あるいは依存とケアの正義論』（岡野八代、牟田和恵監訳、白澤社、二〇一〇年）。

＊15 ダナ・ハラウェイ「サイボーグ宣言：二〇世紀後半の科学、技術、社会主義フェミニズム」『猿と女とサイボーグ　自然の再発明』（高橋さきの訳、青土社、二〇一七年）。

＊16 ウェンディ・ブラウンは、新自由主義的文脈が依拠し続ける性別分業において「女性」と位置づけられる男女（エッセンシャル・ワーカーを含む）を「フェミナ・ドメスティカ」と呼んだ。ウェンディ・ブラウン『いかにして民主主義は失われていくのか　新自由主義の見えざる攻撃』（中井亜佐子訳、みすず書房、二〇一七年）、一一八頁。

＊17 小川公代「世界文学をケアで読み解く」『小説トリッパー』二〇二二年夏季号（朝日新聞出版、二〇二二年）、四二四頁。

＊18 南方熊楠は辞書をたよりに、「極東の星座」を起稿してそれが英国科学雑誌『ネイチャー』の一八九三年一〇月五日号に掲載された。

＊19 もちろん、資金に恵まれなかった男性知識人も多くいた。伊藤野枝の夫となった辻潤はロンブローゾの『天才論』の翻訳者だが、彼は裕福だった家が没落する不幸にみまわれ、給仕などをしながら国民英学会の夜学に通い、勉学を続けた。

＊20 金子文子『何が私をこうさせたか　獄中手記』（岩波文庫、二〇一七年）、二二六頁。

＊21 一九二二年には日本人や在日朝鮮人のアナキストとともに「不逞社」を設立した（名前の由来はいずれも「不逞鮮人」）。

＊22 平塚らいてう『元始、女性は太陽であった上　平塚らいてう自伝』（大月書店、一九七一年）、二〇四～二〇五頁。

＊23 彼女は一九一六年に大杉栄を切りつけるという「日蔭茶屋事件」を起こし、殺人未遂罪で二年間服役し

た。

＊24 森泰一郎「初期・活水学院の三人の娘たちと近代日本 ― 神近市子・中山マサ・北島艶の歩んだ道―」『長崎ウエスレヤン大学現代社会学部紀要』一二巻一号（二〇一四年）、七七頁。

＊25 もちろん日本で活躍した女性翻訳家たちすべてがミッション系の女学校を卒業したわけではない。わずか二四歳で夭逝した詩人であり翻訳家の左川ちか（本名・川崎愛）は、庁立小樽高等女学校に通った。ジェイムズ・ジョイスの「室楽」やヴァージニア・ウルフの「憑かれた家」を翻訳し、それが彼女の詩の創作にも影響を及ぼした。二〇二二年、『左川ちか全集』（島田龍編、書肆侃侃房、二〇二二年）が刊行されたことによって、それらの詩が読めるようになった。

＊26 中島岳志『中村屋のボース　インド独立運動と近代日本のアジア主義』（白水社、二〇〇五年）、一一一頁。

＊27 『田辺元・野上弥生子往復書簡（上）』（竹田篤司、宇田健編、岩波現代文庫、二〇二二年）、二六七〜二六八頁。

＊28 オースティンの『高慢と偏見』の上巻が刊行される一ヵ月前の一九二六年七月三一日の日記には、次のように書かれている。「高慢と偏見の校正をする。ペンバリの邸をエリザベスが見物に行つてゐるとダーシーに出逢ふところである」。翻訳をしていた豊一郎の手伝いをしていたようである。『野上彌生子全集　第Ⅱ期第一巻』（岩波書店、一九八六年）、四一一〜四一二頁。

＊29 互いの連れ合いが他界した後の付き合いであったため、二人の関係は恋愛とも呼べるが、学殖の豊かであった田辺が「先生」として弥生子に様々な助言を与えながら、互いに学びあうという関係でもあった。

＊30 野上弥生子は「私などはことごとしく自叙伝といったものを書く資格はもたないといいたい」と釈明しながらも、長寿であったこともあり「どんな時期にどんなかかわり合いをしたかを書いておくのはたんに個人の回顧にとどまらず、明治の社会史、女性史にとっても無駄ではなかろう」と書いている。「作者の言葉」『森』（新潮文庫、一九九六年）、五八五〜五八六頁。

＊31 インゲ・シュテファン『才女の運命　男たちの名声の陰で』（松永美穂訳、フィルムアート社、二〇二〇

年）、一三頁。

*32 遠藤紀勝「森の王国」『仮面　ヨーロッパの祭りと年中行事』（現代教養文庫、一九九〇年）、八～九頁。

*33 安田喜憲『森と文明の物語　環境考古学は語る』（ちくま新書、一九九五年）、七～八頁など参照のこと。

宮之原匡子「『夏の夜の夢』　喜びの森」『英米評論』（ENGLISH REVIEW）第一四号（桃山学院大学総合研究所、一九九九年）、一五七頁。

*34 ラム「夏至祭の夜の夢」『シェイクスピア物語』（野上弥生子訳、岩波少年文庫、一九五六年）、二七頁。

*35 『青鞜』の女性たちの多くは、親の言いなりに結婚することを良しとせず、自分の才能を伸ばすことで人生を切り拓こうとした。女性の恋の喜びを詠った歌集『みだれ髪』（一九〇一年）の作者、与謝野晶子の文学的出発も、関西の実家から与謝野鉄幹の住む東京への出奔という家出行為にあった。

*36 岩橋邦枝『評伝　野上彌生子　迷路を抜けて森へ』（新潮社、二〇一一年）、三六頁。

*37 小野という相手を自分で選び、恋愛を成就させることに成功しかけるのだが、それゆえ彼女は、漱石に死という形で罰せられてしまうという読み方もできる。関肇「メロドラマとしての『虞美人草』」『漱石研究』第一六号（翰林書房、二〇〇三年）、一一一～一二五頁。

*38 『野上彌生子全小説7　真知子』（岩波書店、一九九七年）、九頁。

*39 Susan Faludi, *Backlash: The Undeclared War Against Women*. London: Vintage, 1993, p.68.

*40 ファルーディは反復するバックラッシュについては一九世紀中葉までの事例しか言及していないが、ヴィヴィアン・ジョーンズは一九世紀初頭も〝ポスト〟フェミニズム時代であると主張している。小川公代「〝ポスト〟フェミニズム理論　「バックラッシュ」とヒロインたちの批判精神」『文学理論をひらく』（木谷巌編、北樹出版、二〇一四年）、六七頁。Vivien Jones, "Post-feminist Austen" in *Critical Quarterly*, vol.52, no.4, 2010, p.66. Angela McRobbie, "Postfeminism and Popular Culture: Bridget Jones and the New Gender Regime" in *Interrogating Postfeminism: Gender and the Politics of Popular Culture*, eds. Yvonne Tasker and Diane Negra, Durham and London: Duke University Press, 2007.

*41 ウォルポールはハナ・モアに宛てた手紙でそう綴っている。Horace Walpole, *The Letters of Horace*

＊42 *Walpole*, ed. Paget Toynbee, vol.15 Oxford: Clarendon Press, 1905, pp.131, 337.
＊43 野上弥生子『虹の花』の「はしがき」『野上彌生子全集　第Ⅱ期第二一巻』（岩波書店、一九八七年）、三〇三頁。
＊44 Charlotte Gordon, *Mary Shelley: A Very Short Introduction*, Oxford University Press, 2022, pp.5-6.
＊45 宝生弥一「野上さんと謡と――流儀の至宝――」『野上彌生子全集』月報五第三巻（岩波書店、一九八〇年一〇月）、一頁。
＊46 野上弥生子の一九二四年三月二九日の日記の記述。中村智子『人間・野上弥生子　『野上弥生子日記』から』（思想の科学社、一九九四年）、一八～一九頁。
＊47 『野上彌生子全集　第Ⅱ期第二巻』（岩波書店、一九八六年）、四頁。
＊48 野上弥生子「巣箱」『高原文庫』第三二号（二〇一七年）、三七頁。
＊49 レベッカ・ソルニット『オーウェルの薔薇』（川端康雄、ハーン小路恭子訳、岩波書店、二〇二二年）、九頁。
＊50 菊地夏野「フェミニズムとアカデミズムの不幸な結婚」『女性学』第一二巻（二〇〇五年）、三六頁。
＊51 このようなウーマン・リブの後に生まれたフェミニズムの代表的なものとして、上野千鶴子『家父長制と資本制』を挙げている。菊地はこの著書の一般的な功績は大きいとしながらも、「今この書を振り返るとき、現在の状況を切り開く力はこの本には内在していない」（同、三九頁）といういささか厳しい評価である。
＊51 水田珠枝『女性解放思想の歩み』（岩波書店、一九七三年）、二〇四頁。

2章　『エブエブ』と文学のエンパワメント

＊1 エヴァ・フェダー・キテイ『愛の労働あるいは依存とケアの正義論』（岡野八代、牟田和恵監訳、白澤社、二〇一〇年）、七二～七三頁。
＊2 ヴァージニア・ウルフ「女性にとっての職業」『女性にとっての職業　エッセイ集』（出淵敬子、川本静子

監訳、みすず書房、一九九四年）、五頁。

＊3 夫の豊一郎は、弥生子への嫉妬のため、公の場に参加することに難色を示した。中村智子『人間・野上弥生子 『野上弥生子日記』から』（思想の科学社、一九九四年）、二一〜二二頁。

＊4 橘玲『女と男 なぜわかりあえないのか』（文春新書、二〇二〇年）、七九〜八〇頁。

＊5 鴻巣友季子『謎とき『風と共に去りぬ』』（新潮選書、二〇一八年）、一八二〜一八四頁。

＊6 「テイラー・スウィフト「The Man」のMVで男性に変身。ザ・ロックがその声を担当」『uDiscoverMusic』日本版（二〇二〇年二月二八日）https://www.udiscovermusic.jp/news/taylor-swift-man-video-2

＊7 アルファ・バースに生きていたエヴリンは、自分の娘ジョイの才能を見込んで、精神が破綻するまで追い込んでしまい、それによって虚無の化身となったジョブ・トゥパキに殺害されている。

＊8 保守的な彼女は、封建的な父親が受け入れ難い事実、つまりレズビアンであることをカミングアウトした娘のことや、その恋人を父親にどう紹介すべきかについて頭を悩ませている。

＊9 アダム・スミスが仕事し続けるためには、「母親が家のことをやり、いとこがお金のやりくり」をして助ける必要があった。カトリーン・マルサル『アダム・スミスの夕食を作ったのは誰か？ これからの経済と女性の話』（高橋璃子訳、河出書房新社、二〇二一年）、二六頁。

＊10 河野真太郎『新しい声を聞くぼくたち』（講談社、二〇二二年）、三〇三頁。

＊11 中村佑子『マザリング 現代の母なる場所』（集英社、二〇二〇年）。

＊12 アルファ・バースの「アルファ・エヴリン」も存在したが、巨大な敵ジョブ・トゥパキに殺されてしまったため、アルファ・ウェイモンドは無数にあるマルチバースにその敵を倒すことができるただ一人の「エヴリン」を探しにきている。

＊13 ポストメリトクラシーの議論については、拙著『ケアする惑星』の13章「戦争に抗してケアを考える――スコットの『ウェイヴァリー』とドラマ『アウトランダー』」に詳細に論じているので、参照されたい。『ケアする惑星』（講談社、二〇二三年）、一九一〜二一三頁。

＊14 新井英夫「『高慢と偏見』にみるパターナリズム　ベネット氏からダーシーに受け継がれるエリザベスへの教育」『松山大学論集』（第二六巻第三号、二〇一四年）によれば、長らくオースティンの小説は「保守的な価値観を表した小説」であると解釈されていたが、一九八〇年代以降はミリアム・アスカレリやクロウディア・L・ジョンソンらが、当時の進歩的なメアリ・ウルストンクラフト(Mary Wollstonecraft, 1759-1797)とオースティンのつながりを挙げながら、オースティンが当時の女性が家父長制的な社会を生き延びる手段として、理性的である女性を描いたというフェミニズムの特徴を見出している。ジョンソンは、オースティンが保守的な時代の波の中で、社会批判を紛れ込ませたと指摘している。Miriam Ascarelli, "A Feminist Connection: Jane Austen and Mary Wollstonecraft" *Persuasions On-Line*, Jane Austen Society of North America, Vol.25, No.1, Winter 2004; Claudia L. Johnson, *Jane Austen: Women, Politics, and the Novel*, Chicago and London: The University of Chicago Press, 1988, p.24.

＊15 辻村深月『傲慢と善良』（朝日文庫、二〇二二年）、一四五頁。

＊16 ヴァージニア・ウルフ「姿見のなかの婦人――ある映像」『壁のしみ　短編集』（川本静子訳、みすず書房、一九九九年）、一四一頁。

＊17 Virginia Woolf, "The Lady in the Looking-Glass: A Reflection", *The Complete Shorter Fiction*, ed. Susan Dick, Triad Grafton Books, 1991, p.225.

＊18 ファン・ジョンウン『年年歳歳』（斎藤真理子訳、河出書房新社、二〇二二年）、一一四頁。

＊19 斎藤真理子「訳者あとがき」『年年歳歳』、一八四頁。

＊20 ヴァージニア・ウルフ『波』（森山恵訳、早川書房、二〇二一年）、一三頁。

＊21 キャロル・ギリガン『もうひとつの声で　心理学の理論とケアの倫理』（川本隆史、山辺恵理子、米典子訳、風行社、二〇二二年）、八四頁。

＊22 「父親と三人の娘」『野上彌生子全小説1　縁 父親と三人の娘』（岩波書店、一九九七年）、二三一頁。

＊23 元代が通うのが長崎のキリスト教の学校である点は、同じように東京のミッション系の明治女学校に通っていた弥生子自身を彷彿とさせる。また、元代の先輩にあたる白井は「富裕な酒造家の実家を飛び出し

て」（同、二六四頁）と説明があり、これも弥生子自身と重なり、ますます元代と白井の価値観がこの物語では重要であるように思われる。

＊24 岩橋邦枝『評伝 野上彌生子 迷路を抜けて森へ』（新潮社、二〇一一年）、四五～四六頁。

＊25 夫豊一郎の死後、弥生子が出会う相思相愛の相手、田辺元も高名な哲学者であり、「〈よつぽどえらい人間〉という彌生子の注文を十分みたす」成功者であった（『評伝 野上彌生子』、四六頁）。

＊26 『野上彌生子全小説7 真知子』（岩波書店、一九九七年）、二一一頁。

＊27 矢野利裕『今日よりもマシな明日 文学芸能論』（講談社、二〇二二年）、一三五～一三六頁。

＊28 西加奈子『ふくわらい』（朝日文庫、二〇一五年）、三一一頁。

＊29 矢野は、さらに『漁港の肉子ちゃん』において「障害に触れていると思える部分」が出てくると指摘しており、たとえば、肉子ちゃんのことを「やはり頭が少し足りないのだ、と思った」と形容されている箇所など、彼女が障害者である可能性、そして彼女が差別の対象になっていることを「見すえなくてはいけない」問題として論じている（『今日よりもマシな明日』、一七三～一七五頁）。

＊30 西加奈子『漁港の肉子ちゃん』（幻冬舎、二〇一一年）、二二五頁。

＊31 サンダー・L・ギルマン『肥満男子の身体表象 アウグスティヌスからベーブ・ルースまで』（小川公代、小澤央訳、法政大学出版局、二〇二〇年）。

＊32 ジョルジョ・アガンベン『幼児期と歴史 経験の破壊と歴史の起源』（上村忠男訳、岩波書店、二〇〇七年）、六九頁。

＊33 リルケ「『ドゥイノの悲歌』より」『リルケ詩集』（高安国世訳、岩波文庫、二〇一〇年）、一一七頁。

＊34 『田辺元・野上弥生子往復書簡（上）』（竹田篤司、宇田健編、岩波現代文庫、二〇一二年）、一七七頁。

＊35 弥生子は、イタリアには一九三八年一一月に着いてから約一ヵ月ほど滞在し、一九三九年五月にも訪れている。

＊36 野上弥生子『欧米の旅（上）』（岩波文庫、二〇〇一年）、四五二頁。

＊37 野上弥生子『欧米の旅（中）』（岩波文庫、二〇〇一年）、一六四頁。

＊38　高遠弘美「はじめに」市河晴子『欧米の隅々　市河晴子紀行文集』（高遠弘美編、素粒社、二〇二二年）、四頁。

＊39　『欧米の隅々　市河晴子紀行文集』、一二四〜一二五頁。

＊40　非売品である『手向の花束』は高遠弘美先生から、お贈りいただきました。

＊41　『手向の花束』研究社印刷所（非売品）（一九四五年五月市河三喜編私家版追悼集）、八七頁。

＊42　「ミシェル・ヨーの名スピーチはCNN〝朝の顔〟「女性の盛り」発言へのあてこすりだった」『東スポWEB』（二〇二三年三月一四日）https://www.tokyo-sports.co.jp/articles/-/256902

3章　魔女たちのエンパワメント

＊1　シルヴィア・フェデリーチ『キャリバンと魔女　資本主義に抗する女性の身体』（小田原琳、後藤あゆみ訳、以文社、二〇一七年）、一二頁。

＊2　シェイクスピア『テンペスト』（松岡和子訳、ちくま文庫、二〇〇〇年）、四〇頁。

＊3　モナ・ショレ『魔女　女性たちの不屈の力』（いぶきけい訳、国書刊行会、二〇二二年）、八四頁。

＊4　スレッタ自身は過去のヴァナディース事変のことを知らない。

＊5　『花の子ルンルン』のヒロインは、地球のどこかに咲く「七色の花」を探す旅の途中で困っている人たちを魔法の力で救い、『魔女っ子メグちゃん』のヒロインは魔界の女王にふさわしい資質を身に着けるために人間界で修行する。一九九二年から始まった『美少女戦士セーラームーン』シリーズは五人の美少女が惑星の戦士に変身して敵と戦うようになり、戦隊物の要素が加わった。

＊6　円香、谷崎榴美「現代魔女の基礎知識2022」『文藝』二〇二二年冬季号（河出書房新社、二〇二二年）、二四二〜二四三頁。

＊7　山姥は魔女同様、恐怖の対象ではあったが、現実社会で魔女のように排斥され、処刑されることはなかったため、すべての特徴が完全に一致するわけではない。高島葉子「民間説話・伝承における山姥、妖精、魔女」『人文研究　大阪市立大学大学院文学研究科紀要』第六五巻（二〇一四年三月）、一三二頁。

＊8　『日本民俗事典』によれば、山姥は「山中に棲む妖怪と考えられ」、その多くは「老女のように伝えられ」ている。また「原型的な大地母神の特徴が備わって」おり、古の山女神の零落した姿（またはその信仰者である山の民）であるという説もある。「伝承で共通した特徴は背が高く、髪の長いことで、そのほか口が大きくさけていたり、眼光がかがやき、色は特別に白いなど」とされる。大塚民俗学会編『日本民俗事典』（弘文堂、一九九四年）、七六〇頁。

＊9　『ヘンゼルとグレーテル』の魔女にも、ケアラーと敵対者の二面性がある。

＊10　シェイクスピア『マクベス』（松岡和子訳、ちくま文庫、一九九六年）、一〇頁。

＊11　キャロリン・マーチャント『自然の死　科学革命と女・エコロジー』（団まりな、垂水雄二、樋口祐子訳、工作舎、一九八五年）、二五四頁。

＊12　スターホーク『聖魔女術　スパイラル・ダンス』（鏡リュウジ、北川達夫訳、国書刊行会、一九九四年）、三六頁。

＊13　女神の呼称は「多様に変化」し、春にはギリシャ女神の処女の相にちなんで「コレー」と呼ばれる（同、一八〇頁）。

＊14　Susan Faludi, *Backlash: The Undeclared War Against Women*, London: Vintage, 1993, p.68. ヴィヴィアン・ジョーンズは、一八世紀のブルーストッキング（bluestocking）や先駆的フェミニストであるメアリ・ウルストンクラフトの女性運動直後に激しいバックラッシュが起きていることに注目しながら、一九世紀までしか遡らないファルーディの議論を発展させ、それ以前にも、バックラッシュがあったことを指摘している。Vivien Jones, "Post-feminist Austen" in *Critical Quarterly*, vol. 52, no.4, 2010, p.66.

＊15　マーチャントの訳書では『魔女の槌』となっている。

＊16　このアニメで使用される天然の地下資源「パーメット」という鉱物由来の元素は、ベーコンの科学言説を彷彿とさせる。

＊17　エリクトの分身（リプリチャイルド）として創造されたスレッタが、エアリアルと同期することのできる唯一の存在であるのも、このような理由からである。

＊18 鏡リュウジ「訳者あとがき」『聖魔女術　スパイラル・ダンス』、四三三頁。

＊19 「女神を自然、人間、人間の共同体など万物にあまねく内在する神性として理解する」このような思想がウィッチクラフトの原点であるとするなら、『水星の魔女』にもこれと同じような思想がある。後述するが、貴重な資源として採掘される「パーメット」という元素（物質）を介在させ、人体やモビルスーツを起動させるという演出は、「自然」（Nature）をどういう目的で開発するのか——生命を生かすためなのか殺すためなのか——という問いにつながっている。

＊20 ディペシュ・チャクラバルティ『人新世の人間の条件』（早川健治訳、晶文社、二〇二三年）、四三頁。

＊21 たとえば、Real Sound の「ガンダム『水星の魔女』元ネタはまさかのシェイクスピア!?　戯曲『テンペスト』との類似点は?」は、二作品の類似点をいくつか挙げている。https://realsound.jp/book/2023/02/post-1257119.html

＊22 主要な登場人物の一人であり、かつては地球の孤児であったシャディク・ゼネリ（グラスレー社ＣＥＯの養子）が非白人であることも、そのマイノリティ性が意識されているのだろう。

＊23 『花の子ルンルン』のヒロインはフラワーヌ星に移住して新しい国王と結婚するのではなく、地球に戻って引き続き植物の生育環境を見守るという結末を迎える。ここにも作者の生態系への強い関心が垣間見える。

＊24 カレン・ラッセル「沼ガール／ラブストーリー」『文藝』二〇二二年冬季号、一九二頁。

＊25 高田雅之責任編集『湿地の博物誌』（北海道大学出版会、二〇一四年）。

＊26 ギリアンは、息子が「成長し、自分の幼少期をすっかり忘れてしまった」ことを「裏切り」として、あるとき息子を責めてしまうが（「沼ガール／ラブストーリー」、一九九頁）、この物語は子離れする息子への失望も描いている。

＊27 実際、スレッタがエアリアルに搭乗して戦った結果、エアリアルの一部となっていたエリクト（エリィ）の意識が覚醒した。声を持つようになったエリクトは次のようにスレッタに説明している。「鍵の役目はもうおしまい。肉体のエリィの代わり。エリィの体。エリィの手足。エリィの拡張意識。それが私たちカ

ヴンの子。君たちは僕の遺伝子から作られたリプリチャイルドってことだよ。17年前にお母さんが。覚えてないの？　だからスレッタはいらないの。わかった？　スコア8なら僕は自分の意思で動ける。パイロットはもう必要ないんだ。だから君はもうこれ以上すがっちゃいけないんだ。僕にも、お母さんにも」。

*28 トマス・H・クック『緋色の記憶〔新版〕』（鴻巣友季子訳、早川書房、二〇二三年）、三九〇頁。

*29 鴻巣友季子「訳者あとがき」『緋色の記憶〔新版〕』、四七六頁。

*30 野呂浩「『緋文字』一考察　作品世界とナサニエル・ホーソーン心象風景の同一性」『東京工芸大学工学部紀要』第二四巻、第二号（二〇〇一年）、三一頁。

*31 『聖魔女術　スパイラル・ダンス』、七八頁。

*32 野上弥生子「山姥」『野上弥生子短篇集』加賀乙彦編（岩波文庫、一九九八年）、一七二頁。

*33 あるいは、前章でも触れたが、弥生子自身「自分の顔も気にしていて、息子の幼稚園の卒業式で〈自分のあんまり美しくなさすぎるのが少々不快である。斯んな無邪気な会合ですら美しくないことはひどく気がひける〉」という容貌コンプレックスがあったことも関係するだろう。岩橋邦枝『評伝　野上彌生子　迷路を抜けて森へ』（新潮社、二〇一一年）、四五頁。

*34 それは戦いの最中、エアリアルに取り込まれているエリクトの声を聞くことができていたことと関係する。人体を失ってしまったエリクトが、既存のネットワークとは違う超密度情報体系を発現できる新機軸のネットワークシステム「データストーム」のなかで奇跡的に生き続けているという驚くべき事実さえ、スレッタは受け入れている。彼女がヒロインにしてはなんでも受け入れすぎ、あるいは受動的すぎるのではないかという疑問も感じずにはいられないが、他方で、与えられた環境に順応しようとしたり、他者と「同期」したりすることが必ずしも〝魔女〟アニメであることと矛盾するとはいえない。

*35 Timothy Morton, "Queer Ecology," *PMLA*, vol. 125, no. 2, 2010, p.274.

*36 Kate Ellis, "Monster in the Garden: Mary Shelley and the Bourgeois Family," *The Endurance of Frankenstein*, eds. George Levine & U.C. Knoepflmacher, Berkeley, Los Angeles, London: University of

California Press, 1979.

＊37 メアリ・シェリー『フランケンシュタイン』（森下弓子訳、創元推理文庫、一九八四年）、六二〜六三頁。

＊38 メアリ・シェリーは女性登場人物の弱さを強調してきたと誤解されているが、実は男性の野心、征服欲を批判するためにこのような描写がなされている。シェリーの『ヴァルパーガ』には、理性的でかつ女性的なケア精神を備えたユーサネイジアという女性が強さと思いやりの両方の側面を持ったキャラクターとして描かれている。シェリーが理想とした女性はまさにこのようなキャラクターに象徴されている。

＊39 北村紗衣「魔女と幻想 『奥さまは魔女』と『ワンダヴィジョン』」『文藝』二〇二一年冬季号、二八三頁。

＊40 彼女は爆撃で両親を失い、丸二日閉じ込められ、さらには双子の弟ピエトロまでも喪っている。マインドストーンと出会って、強大な力を手に入れたワンダは、その後、アベンジャーズに入って、ヴィジョンと出会ったのだった。孤独だった彼女の話を聞いたのはヴィジョンだった。ヴィジョンは「悲しみばかりではないはずだからです。私はずっと一人でしたから、喪失感というものを経験していません。失う悲しみもなかった。嘆いているのは愛を貫いている証拠です」そういって、ワンダを慰めていた。

＊41 "Ideologies of Nature are founded on inside-outside structures that resemble the boundaries heterosexism polices." Timothy Morton, "Ecologocentrism: Unworking Animals." *Substance* vol.37., no.3, 2008.

＊42 モートンによれば、このようなエコフェミニズムとは異なり、ジュディス・バトラーの『ジェンダー・トラブル』やジュリア・クリステヴァの『恐怖の権力』の議論はクィア・エコロジーに分類されるという。バトラーは、この「大文字の自然」（Nature）がエコロジー的な概念である「相互関係性」（interrelatedness）を経て、「小文字の自然」（nature）にすっかり作りかえられなければならないと主張している。Morton, "Queer Ecology," p.274.

＊43 チャールズ・テイラー『世俗の時代（下）』（千葉眞監訳、石川涼子、梅川佳子、高田宏史、坪光生雄訳、名古屋大学出版会、二〇二〇年）、八四七頁。

＊44 多和田葉子『白鶴亮翅』（朝日新聞出版、二〇二三年）、二三二頁。

＊45　GLOBAL NOTE「世界のパートタイム労働者比率　国際比較」二〇二三年六月二〇日。https://www.globalnote.jp/post-7515.html

＊46　厚生労働省「令和3年パートタイム・有期雇用労働者総合実態調査の概況」二〇二二年一一月二五日。https://www.mhlw.go.jp/toukei/list/170-1/2021/dl/gaikyo.pdf

＊47　学生規則に「学生企業規則53条3項」として「学生事業における新技術安全性の証明」が追加され、ミオリネやスレッタは会社を立ち上げられなくなる。

＊48　マーガレット・アトウッド『青ひげの卵』（小川芳範訳、ちくま文庫、二〇二二年）、一一一頁。

＊49　野上弥生子「作者の言葉」『森』（新潮文庫、一九九六年）、五八三頁。

＊50　『森』、三五八〜三五九頁。

＊51　リチャード・パワーズ『エコー・メイカー』（黒原敏行訳、新潮社、二〇一二年）、五三三頁。

＊52　『水星の魔女』の物語は、スレッタが母プロスペラと自分のオリジナルでもあるエリクトの苦しみに「同期」していたのだろう。

＊53　ブルフィンチ『ギリシア・ローマ神話』（野上弥生子訳、岩波文庫、一九七八年）、八三〜九〇頁。

＊54　キャロル・ギリガン『もうひとつの声で　心理学の理論とケアの倫理』（川本隆史、山辺恵理子、米典子訳、風行社、二〇二二年）、九二〜九三頁。ギリガンは「ケレス」を「デーメーテール」、「プロセルピナ」を「ペルセフォネー」と呼んでいる。

＊55　ガンダムに搭乗する男性パイロットとしてエラン・ケレスという名の人物が登場するほど、豊饒の女神は女性のみに与えられる特権として描かれてはいない。

4章　ザ・グレート・ウォー

＊1　シルヴィア・プラス「ダディ」『シルヴィア・プラス詩集』（吉原幸子、皆見昭訳、土曜社、二〇二三年）、九五〜九六頁。

＊2　上杉裕子「シルヴィア・プラスとテッド・ヒューズ「ウサギ捕り」（"The Rabbit Catcher"）についての

比較文化的一考察」『呉工業高等専門学校研究報告』第七五号（二〇一三年）、六三頁。

＊3 Ashifa Kassam, "Belgian university launches Taylor Swift-inspired literature course" *The Guardian*, August 13, 2023.
https://www.theguardian.com/music/2023/aug/13/belgian-university-launches-taylor-swift-inspired-literature-course

＊4 宮崎駿「映画化に当って」『スタジオジブリ作品関連資料集Ⅲ』、酒井信『最後の国民作家　宮崎駿』（文春新書、二〇〇八年）、三二頁。

＊5 ヒミは、これから生まれてくる人間の魂（ワラワラ）を捕食しようとするペリカンから守るために、後者を火で攻撃している。

＊6 エヴァ・フェダー・キテイ『愛の労働あるいは依存とケアの正義論〔新装版〕』（岡野八代、牟田和恵監訳、白澤社、二〇二三年）、七一頁。

＊7 河野真太郎『増補　戦う姫、働く少女』（ちくま文庫、二〇二三年）、一三六〜一三七頁。

＊8 Annalisa Verza, "Vulnerability, justice and care" *Oñati Socio-Legal Series*, vol.12, no.1, 2022, p.211.

＊9 宮地尚子『傷を愛せるか　増補新版』（ちくま文庫、二〇二二年）、一一八頁。

＊10 岡野八代「個人なき安全保障の隘路から、ケアする政治への転換」『日本は本当に戦争に備えるのですか？　虚構の「有事」と真のリスク』（大月書店、二〇二三年）、一六七〜一六八頁。

＊11 ジョージ・オーウェル『一九八四年〔新訳版〕』（高橋和久訳、ハヤカワepi文庫、二〇〇九年）、三〇六頁。

＊12 社会保険制度とは、「疾病、負傷、分娩、廃疾、死亡、老齢、失業、多子その他困窮の原因に対し、保険的方法又は直接公の負担において経済保障の途を講じ、生活困窮に陥った者に対しては、国家扶助によって最低限度の生活を保障するとともに、公衆衛生及び社会福祉の向上を図り、もってすべての国民が文化的社会の成員たるに値する生活を営むことができるようにする」制度である。「地域の医療と介護を知るために　わかりやすい医療と介護の制度・政策　第9回　第二次世界大戦後の医療保険制度を巡る動き

（その2）国民皆保険に向けた取り組み」『厚生の指標』第六四巻第四号（二〇一七年四月）、四一頁。

＊13 鶴田禎人「1930年代イギリスにおける医療制度改革構想　歴史的相互関係の分析」『日本医療経済学会会報』第二七巻二号（二〇〇八年）

＊14 川崎庸之、原田伴彦、奈良本辰也、小西四郎監修『読める年表　日本史』（自由国民社、一九九〇年）、九六八頁。

＊15 宮尾俊彦「野上弥生子の方法（二）「黒い行列」「迷路」と日記」『長野県短期大学紀要』第五〇巻（一九九五年）、二七一頁。

＊16 高原到『暴力論』（講談社、二〇二一年）、一〇七頁。

＊17 野上彌生子『野上彌生子全集　第Ⅱ期　第五巻』一二月一三日の日記（岩波書店、一九八七年）、二三八頁。

＊18 野上弥生子『迷路』（上）（岩波文庫、一九八四年）、一四三頁。

＊19 野上弥生子『迷路』（下）（岩波文庫、一九八四年）、五五頁。

＊20 野上は、さらに華族社会や伝統芸術の世界、地方の生活、貧困な階層にまでその小説世界を広げている。

＊21 この日、文化振興会が開催した米国の作家ゾナ・ゲール・ブリーズとの茶会に参加していた。

＊22 荒木優太『サークル有害論　なぜ小集団は毒されるのか』（集英社新書、二〇二三年）、一六二～一六三頁。

＊23 田辺元『種の論理　田辺元哲学選Ⅰ』（藤田正勝編、岩波文庫、二〇一〇年）、一三三一～一三三三頁。

＊24 藤田正勝「解説」『種の論理』（岩波文庫、二〇一〇年）、五〇二～五〇三頁。

＊25 ヴァージニア・ウルフ『三ギニー　戦争と女性』（出淵敬子訳、みすず書房、二〇〇六）、一六一頁。

＊26 東浩紀『観光客の哲学　増補版』（ゲンロン、二〇二三年）、一七七～一七八頁。

＊27 逢坂冬馬『同志少女よ、敵を撃て』（早川書房、二〇二一年）、二一八頁。

＊28 柴田元幸「訳者あとがき」シルヴィア・プラス『メアリ・ヴェントゥーラと第九王国　シルヴィア・プラス短篇集』（柴田元幸訳、集英社、二〇二二年）、二〇六頁。

＊29　「メアリ・ヴェントゥーラと第九王国」『メアリ・ヴェントゥーラと第九王国』、一〇〜一一頁。

＊30　酉島伝法「堕天の塔」『オクトローグ　酉島伝法作品集成』（早川書房、二〇二〇年）、二〇三〜二〇四頁。

＊31　野原で仲間たちと花を摘んでいたペルセポネーを見て、冥界の王ハデスは一目惚れし、彼女をさらって凱旋車に乗せ、地面に巨大な裂け目をつくって強引に連れ去るという物語であるが、娘の救出は「依存」がなければ不可能である。

＊32　安田登「異界と接続する傷」『現代思想　総特集　宮﨑駿『君たちはどう生きるか』をどう観たか』（青土社、二〇二三年）、八八頁。

＊33　ヴァージニア・ウルフ「病気になるということ」③（片山亜紀訳、早川書房、二〇二〇年）
https://www.hayakawabooks.com/n/n42f04863ddf

＊34　ヴァージニア・ウルフ「病気になるということ」②（片山亜紀訳、早川書房、二〇二〇年）
https://www.hayakawabooks.com/n/n775c24379791

＊35　Eleanor Spencer-Regan, "Here's why Taylor Swift is the new Sylvia Plath," *Independent*, May 30, 2018. https://www.independent.co.uk/voices/taylor-swift-look-what-you-made-me-do-sylvia-plath-poet-songwriter-lyrics-singer-a7957011.html

おわりに

＊1　「ポリアンナ効果」とは、アメリカの心理学者チャールズ・オスグッドが提唱した、否定的な言葉よりも肯定的な言葉の方が大きな影響を及ぼすという効果のこと。

＊2　キャロル・ギリガン『抵抗への参加　フェミニストのケアの倫理』（小西真理子、田中壮泰、小田切健太郎訳、晃洋書房、二〇二三年）、一六九頁。

＊3　*John Keats, The Letters of John Keats 1814-1821*, Vol.1, 21, 27, December, 1817, ed. Hyder Edward Rollins, Cambridge: Cambridge University Press, 2011, p.193.

初出
「群像」二〇二三年三月号、六月号、九月号、一二月号
ＪＡＳＲＡＣ出 2402890－401

小川公代（おがわ・きみよ）

一九七二年和歌山県生まれ。上智大学外国語学部教授。ケンブリッジ大学政治社会学部卒業。グラスゴー大学博士課程修了（Ph.D.）。専門は、ロマン主義文学、および医学史。著書に、『ケアの倫理とエンパワメント』『ケアする惑星』（ともに講談社）、『世界文学をケアで読み解く』（朝日新聞出版）、『ゴシックと身体――想像力と解放の英文学』（松柏社）、『文学とアダプテーション――ヨーロッパの文化的変容』『文学とアダプテーションⅡ――ヨーロッパの古典を読む』（ともに共編著、春風社）、『ジェイン・オースティン研究の今』（共著、彩流社）、訳書に『エアスイミング』（シャーロット・ジョーンズ著、幻戯書房）、『肥満男子の身体表象』（共訳、サンダー・L・ギルマン著、法政大学出版局）などがある。

装幀　川名潤

翔《と》ぶ女《おんな》たち

二〇二四年五月二八日　第一刷発行

著者　小川公代《おがわきみよ》

発行者　森田浩章

発行所　株式会社講談社
〒一一二－八〇〇一　東京都文京区音羽二－一二－二一
電話　出版　〇三－五三九五－三五〇四
　　　販売　〇三－五三九五－五八一七
　　　業務　〇三－五三九五－三六一五

印刷所　TOPPAN株式会社

製本所　株式会社国宝社

KODANSHA

ISBN978-4-06-535527-5